妖精森林
Elf Forest

廖文毅・著

〈序〉

隨著美國前副總統高爾提出的「全球暖化」報告，加上國內知名新聞媒體人陳文茜監製的「正負2度C」，諄諄告誡身為地球主宰者的人類，應該用更謙卑的態度與大自然共處。

一場場狂風暴雨，一次次土石崩塌，一齣齣人生悲劇，守護地球環境的沈默巨人「森林」，正以它緩慢、寂靜卻又冷酷的方式表達抗議，人類絕對不能自外於自然界，能善待森林的人，才能得到森林的庇佑，也才能安土樂居。

本書以小妖精暗喻保有一顆童真之心的人，將童詩創作與自然環境結合，其實每一位小孩子都是天生的詩人，也都擁有一顆樸實的心，可惜隨著社會化的浪潮逐漸被淹沒，因此喚回純真本心，與大自然和平共處，是所有大小朋友應盡的課題，也是本書創作的最大目的。

序末感謝知名兒童文學作家王文華老師的熱心推薦，讓本書更具光采，在此致上最深謝意。

妖精森林

c.o.n.t.e.n.t.s

目錄

劇情簡介

妖精森林

甫調任到大樹鄉和山分校的王健一老師，是位喜愛童詩創作與教學的新老師，因為常保有一顆童真之心，在一次偶遇中邂逅了綠色小妖精——小綠，成為全世界唯一看得到小妖精的「大人」。

王老師帶領班上七位學生，在一次認識鄉土的戶外教學過程中，意外發現和山水源地區遭受嚴重污染，在師生通力合作下，迫使污染工廠停工，挽救了和山地區，也挽救了即將舉族遷徙的小妖精們，被和山居民視為大恩人。

但好景不常，隨著動物園的大規模開發，工人意外挖開了小妖精居住的聖山，妖精族遷徙預言成真，從此行蹤成謎。王老師憂心如焚，調查中卻被和山百姓誤以為想害他們丟掉飯碗而遭受辱罵，王老師失望地離開和山村，森林就此失去生機，成為恐怖的陰森林。

和山居民反省後，請回王老師，並在村長及女兒燕茹、陳家古厝主人陳老爺爺、樹醫生阿古伯，及王老師班上七位可愛的學生、分校胖主任，與所有的和山居民，共同齊心戮力喚回妖精族。

「森林孕育妖精，妖精守護森林，彼此相互依靠，共生共榮，已有幾千年的歷史……。」這個流傳在和山地區的小妖精傳說，將帶您進行一場攸關環保、鄉土與經濟發展拉鋸的保衛戰。您還保有一顆童真的心嗎？記得，只有這樣的人，才看得見傳說中的小妖精喔！

人物介紹

李主任：綽號「胖主任」，是本校派駐分校的實際負責人，管理和山分校所有校務工作。

王健一：綽號「一哥」，是一位喜愛童詩創作與教學的新進老師，因為常保有一顆童真之心，在一次偶遇中邂逅了和山森林裡的守護精靈——綠色小妖精。

美　雅：綽號「大姊」，擔任班長，心思細膩，精明幹練，與老師心靈最契合，能輕易猜到老師的心思。

智　強：綽號「大寶」，雙胞胎哥哥，負責盡職，擔任風紀股長。

智　勇：綽號「二寶」，雙胞胎弟弟，反應敏捷，允文允武，擔任體育股長。

曉　惠：綽號「二姊」，有一雙修長的腿，是全班身材最高的學生，擔任衛生股長。

廷　瑋：綽號「迷糊蛋」，交待的事情常常忘東忘西，好像少一根筋似的。

明　煌：綽號「小胖哥」，身材壯碩，食量驚人，由於功課常常抄襲，是班上最後一個看到小妖精的人。

蓮　英：綽號「傻妹」，由於先天的關係，智育成績雖然不理想，卻擁有一顆善良與執著的心，是揪出紙漿工廠污染事件的大功臣。

村　長：姓梁，和山村村長，燕茹的爸爸，曉惠與曉婷的爺爺。

梁燕茹：村長的小女兒，在美國念「休閒與遊憩管理」研究所，回國後任職高雄市「大世界親子動物園」籌備處開發部經理。

陳爺爺：陳家古厝主人，陳氏家族第二十一世子孫，年高八十好幾，身強體健，擅長二胡演奏，為保存祖先留下來的遺產及環境，是和山村唯一反對興建動物園的人。

阿古伯：年約七十好幾，個頭矮小，卻身手矯健，有一雙鷹眼般的銳利眼神。在阿里山奮起湖工作超過三十年，是一位國寶級的樹醫生，重視科學教育，「以科學的角度來看」是其口頭禪。

小　榕：陳家古厝主人陳爺爺的祖父，小時候曾迷失在森林裡，是百年前唯一與妖精族有過接觸的人類小孩，可惜長大後卻看不見牠們。曾為解救妖精族大難不惜散盡家財。

妖精族：和山森林的守護精靈，住在和山村西北方的原始森林裡，一座類似人類金字塔的聖山。身材只有拇指般大小，有一雙透明翅膀可做短距離飛行。身體以綠色色系為主體，依其守護植物轉化體色。他們是一群擁有法術的和平主義者，不喜歡發生爭端，遭遇衝突只會選擇躲避與遷徙。妖精族裡沒有國王，重要事情都由長老們合議決定，不過開會時間經常十分冗長與難以達成共識。

小　綠：「馬齒莧」的守護妖精，胸前有塊類似領巾的黃色斑點，是王老師第一個認識的小妖精。

小飛飛：小綠的麻雀座騎，誠實可靠，喜歡吃王老師教室午餐剩下的米粒。

一、神祕客造訪

對於每位小學生來說，每個星期三都是特別的日子。

清晨的教室總是鬧哄哄的，從桌子與椅子之間的對話，甚至爭吵聲可以知道，今天又是一個充滿活力的早晨。

由於學校只上半天課，到了下午，與小朋友分開的課桌椅們，顯得特別孤寂，懶洋洋地站在王老師的辦公桌前，除了辦公桌仍然與主人有互動外，四周靜得只有風的聲音。

王老師批改完作業，打了一個大哈欠，想小憩一番，摘下厚重的眼鏡，單手托住腮幫子，享受這份從開學以來難得的寧靜。

「啾……啾………！」

幾聲清晰的鳥叫聲喚醒了王老師的瞌睡蟲，王老師伸了伸懶腰，慢慢抬起頭，微睜模糊的大近視眼，眼前有一隻麻雀的輕巧身影晃動，正在吃地上的米粒，這是中午午餐時小朋友不小心掉到地

上的飯粒，吸引了麻雀的造訪。這種原本在鄉下稀鬆平常的小事，對從小就在都市裡長大的王老師來說，顯得特別有趣。心想剛調來這所山間小學教書，每天總有發現不完的驚奇，例如當教室旁的荔枝園結實纍纍時，伸手就能摘到；又如環繞校園四周的是鳳梨田，環繞鳳梨田四周的又是連綿青山，如此同心圓狀的特殊景致，都是在都市裡無法看到或想像得到的。不禁會心一笑，正想再度闔眼，忽然覺得眼前有小綠影閃動，耳朵同時傳來細細的說話聲。

「小飛飛，記得吃飽一點，待會兒我們還要趕路，唉！也許很快我們就要離開這裡，要搬到很遠很遠的地方了！」

王老師愣了一下，因為他確定教室裡除了自己以外，並沒有其他人；但轉念一想，或許是隔壁班的老師在講手機吧！不以為意，想繼續闔眼休息，但一種近似蚊子般大小聲響的美妙音樂，卻在教室裡瀰漫開來，課桌椅、講台、黑板，甚至窗戶，似乎都聽得出神，不時回以神奇的共鳴樂音，寧靜祥和中卻帶有些許淒涼。

王老師依舊閤著雙眼，卻豎直耳朵努力仔細聆聽，確定那絕對不是一般人類所發出來的聲音，但也不是風聲，而且在樂曲結束後，飄來一段輕柔的歌聲：「我來自遠方，森林是我的家鄉，那裡有甘甜的泉水，還有看不盡的山巒，有美麗的聖山，還有數不清的同伴，雖然我愛流浪，但我更愛我的家鄉……！」

王老師瞪大雙眼，猛然驚醒，但不敢發出太大聲響，心中浮現小時候聽過的傳言，就是謠傳許多學校都是蓋在古老的墳場上面，有些八字輕的小朋友就會碰上靈異事件，雖然大都證實只是謠言，但頭皮仍舊一陣發麻，心想才剛調到這所新學校，就碰到這種倒楣事，嚇得口中不斷默念咒語：「阿彌陀佛，觀世音菩

薩，聖母瑪利亞，偉大的真主阿拉，我王老師生平沒做過什麼壞事，妖魔鬼怪千萬別找上我喔！拜託！拜託！」

王老師嘴裡嚇得要命，眼睛卻充滿好奇，心想我又沒去害過牠們（鬼魅），牠們應該也不會來加害我才對，於是在強烈的好奇心趨使下，想瞇著眼睛，偷偷地仔細瞧一瞧，這世界上究竟有沒有鬼？

王老師側著頭，用眼角餘光偷瞄，看到麻雀已經跳到講桌上，居然從麻雀身上跳下來一位小矮人，只有拇指般大小，全身淺綠色，胸前披了塊黃領巾，背後有一對透明的小翅膀，可愛的像小娃娃玩偶一般，王老師驚奇地喊了出來：「哇！好可愛的小綠鬼喔！」

麻雀與小綠鬼並沒有被嚇跑，小綠鬼用好奇的眼光望著王老師，打量一會兒，也驚奇地回說：「我以為世上只有小孩子才看得見我們，想不到大人竟然也看得到，真是神奇！不過我要先聲明，我不是小綠鬼，是小妖精！」

「小妖精？」

「沒錯，我們是生長在森林裡的綠色小妖精，與森林有著密不可分的關係。」

「噢！真不可思議，不過請問一下，你剛才為什麼說只有小孩子才看得到你們，而我這個大人看得到卻覺得驚奇呢？」

「其實原因很簡單，大人們太現實，只貪圖眼前利益，失去了小時候的純真與想像力，就好像是雙眼被眼罩緊緊矇蔽的可憐蟲，又怎麼看得見大自然的神奇之處呢？就算我現在站在他們面前，他們也只會揉揉眼睛，自言自語說大概最近太累，眼花了；或是該去

找眼科醫生檢查等等。所以失去想像力的大人是完全看不見我們的，而你竟然看得到我，或許你是這世界上唯一還有想像力的大人吧！」

「噢！原來如此，或許這跟我平常喜歡寫童詩、童話故事有關吧！對了，我是這學期剛轉到這所學校的新老師，姓王名健一，綽號『一哥』，以後請多多指教！」

「嗯，王老師您好，我是綠色小妖精，綠色是我們的保護色，而我胸前這塊類似領巾的黃色斑點，跟我們守護的植物有關，我是『馬齒莧』的守護妖精，馬齒莧綠葉黃花，俗稱豬母菜，分布在田邊或荒地，是鄉間常見的小型植物，嗯，由於我的身體顏色偏綠，就叫我『小綠』好了，這是我的麻雀座騎——『小飛飛』，也請多多指教！」

「哦，小綠你好，很高興認識你，還有小飛飛，哈！……哈！……」

王老師因為剛認識這位神奇的新朋友而興奮不已，一陣傻笑後，忽然想起什麼？

「對了，小綠，你剛剛為什麼說在不久後可能會離開這裡，要搬到遠方的森林，雖然我剛來這裡，但聽同事說這裡是高雄縣（現在行政區已納入高雄市）裡難得的好山好水，特別是水質甘甜，常有附近鄉鎮的百姓前來取水回家飲用，聽說充滿了神奇的微量元素，這麼好的環境，怎麼想搬家呢？」

「唉……！」小綠深深嘆了一口氣，接著說。

「王老師，你說的沒錯，這裡是一座古老的森林，也是一處美麗的妖精世界，森林孕育妖精，妖精守護森林，彼此相互依靠，共

生共榮，已有幾千年的歷史，許多動植物就在這種和諧平衡下快樂生長，讓森林充滿源源如春泉般的活力。」小綠話鋒一轉，又接著說：「不過……」

「這種平衡最近似乎就要被打破了，這裡的森林逐漸呈現老態，樹木莫名地掉葉，草地轉為枯黃，花兒不再綻放，小鳥也選擇它處築巢，或許森林真的太老了，不再適合我們居住，因此前幾天長老們共同開了一次長達三天三夜的會議，雖然沒有什麼結論，不過初步的共識是，這裡雖然曾經是我們最美麗的家園，但森林老了，妖精族也病了，如今最好的辦法就是遷徙，去找一處更適合我們居住的森林。」

「那你們有沒有找出真正的讓妖精族生病的原因，我的意思是，據我所知，大自然是一種完美的生態循環平衡系統，如果有個地方出錯，一定是另一個地方先發生問題，何況這世界上歷史悠久的森林多的是，說不定不是因為森林老了，而是有某些地方出現問題呢？」王老師提出自己的看法。

「其實我們也有派人去調查過，的確有異常的事情發生，如白頭翁曾經向我們報告，在森林深處看過會冒煙的電線桿；還有青蛙也向我們提起，在上游地方，特別是晚上，河邊石堆裡常會冒出黑色的泉水。不過我們不敢肯定這就是讓森林衰老或妖精族生病的原因，而且情況急遽惡化，長老們才決定要進行大遷徙！」小綠解釋。

「那你們決定哪時候要遷徙呢？失去小妖精守護的森林，又將變成什麼樣子呢？」王老師好奇地問。

「下次月亮圓的不能再圓的時候，就是我們離別家鄉的時刻；至於失去小妖精守護的森林，將落入黑暗妖精手裡，他們數量比我們多太多了，專門接收被遺棄的森林，同時他們擁有能使生物死亡的魔法，到時候森林將失去所有的生命與活力，成為恐怖的『陰森林』——陽光失去熱量，泉水失去活性，空氣也失去純淨，取而代之的，是充滿潮濕與腐朽的味道，再也不適合一般的動植物生存了。對了，我還得趕路，我就是第一批被派出去尋找新世界的小妖精，很高興認識你，或許以後就沒有機會像這樣愉快的聊天，再見了，王老師，願你有美好的一天，小飛飛，我們走吧！」小綠說完，向王老師揮手告別，並露出純真的笑容，像陽光一樣燦爛，那是一種只有在小孩子身上才找得到的溫暖，只不過在和煦的笑容中，隱含一絲小孩子原本不該有的苦澀！

「小綠剛才所說的『月亮圓的不能再圓的時候』，應該是指滿月，今天是農曆十八，離下一個滿月，只剩不到一個月的時間了，這……？」王老師揮手向小綠道別，自言自語起來，心想這麼一片美麗的山林，只剩下不到一個月的生命，心中頓時能體會小綠剛才的心情，就像小時候常常搬家的他，離別，總帶有一份難以割捨的愛。

二、特別消息

秋天的天空，總是特別的藍，藍的像顆發亮的寶石；秋天的天空，總是特別的高，高得連風箏都變小了。秋天，更是個富有詩意的好日子。

「秋天的菊花正香甜，把收集到的夏天陽光，藏在花瓣，送給別人。一片二片三片，送給微風當髮編；四片五片六片，送給草地當亮片；七片八片九片，送給媽媽當書籤；百片千片萬片，鋪在大地當床墊，讓落下的種子，有張舒服而溫暖的床，可以安心睡過冬天，醒在明年發芽的春天。」王老師總喜歡將自己的創作分享給學生。

「這篇是老師最近寫的童詩作品，取名『秋天的菊花』，正好是用今天要上的『擬人法』寫成，它主要是描述菊花將夏天所收集到的陽光能量，轉換成秋天花蕊的香甜，分送給微風、草

地、媽媽，最後掉落的葉片，還能帶給明年發芽的種子一張溫暖的床，以渡過漫漫寒冬，讀起來是不是很有趣呢？一篇好的童詩首重的就是『童趣』，再來是『內容』，最後才是『修辭』，所以大家只要把握住這個原則，一定也能創作一篇令自己滿意的作品喔！」王老師機會教育，趁機導入學習創作童詩的要領。

「所謂『擬人法』，就是把沒有生命，或人以外的物體，說成和人相同，具有人的動作、情感的一種修辭學方法，比如說把青蛙的『呱呱叫』擬人成『唱歌』；把天空『下雨』擬人成『流淚』；把蜜蜂『採蜜』擬人成『工人做工』等等，都是『擬人法』的運用例子，這樣大家明白嗎？」王老師回歸正題，深入淺出地講述擬人修辭的要點。

「明白。」全班異口同聲地說。

王老師請同學把「範例作品」唸完，那是他從好幾本童詩作品集裡摘錄下來的，並附上詳細出處，讓同學們具有初步的認識，以便為下一節的「童詩創作練習」預作準備。

「好，其實對初學者來說，前幾次練習大家都寫得很好，也充分發揮了想像力……。」王老師邊說邊翻動之前學生所寫的作業，發現只有綽號「小胖哥」的明煌寫得都是範例作品，是完全的「抄襲」，沒有自己的創意！老師並沒有當眾責難，只是藉題發揮：「老師始終相信，創造力雖然是天生的，但後天也絕對可以慢慢培養，只要透過細心的觀察與體會，我們的生活周遭環境，全部都是創作的好材料，端看你怎麼用心發掘而已，希望還沒有趕上進度的同學，要多加油了！」

第二節的童詩課，王老師並沒有在教室上，他帶領大家，漫步在賞心悅目的校園裡，欣賞藍藍的天，白白的雲，綠綠的樹，青青的草，和萬紫千紅的花朵，最後大家圍坐在大樹的樹蔭下，用全身的細胞去感覺大自然、體會大自然。

「我現在要跟大家分享一首特別的詩，大家可能猜不到是誰寫的，它就是被同學們暱稱為『傻妹』的蓮英作品，大家都知道，蓮英由於先天智商的關係，所有的課業表現都大幅落後各位，但她最近在語文方面卻有長足的進步，特別在寫詩方面非常用心，下課時間常常主動找老師一起討論，老師希望大家能學習她的進取精神，在寫詩方面有更大的進步空間。」

「三更半夜醒來，真是可怕！窗戶吹來陰涼的風，好像風在叫！這時，房間內安安靜靜的。天上的雲應該是在睡覺。我知道，雲也睡不著。」王老師親自朗讀蓮英的作品。

「晚上黑漆漆的，經常是小朋友一天中最害怕的時候，尤其睡到一半，剛好在三更半夜的時候醒來，更是恐怖。蓮英先介紹三更半夜的可怕，窗外陰風慘慘；再描述房內相對的安靜非常，形成絕佳的對比效應；最後點明，除了我醒來以外，窗外天上的雲，一樣也睡不著，有巧妙的移情作用，讓自己不再覺得孤單。整首詩的末尾將自己的感覺投射到雲的身上，彼此感同身受，格外生動傳神。」王老師又親自為蓮英的作品進行賞析。

激勵完大家後，王老師發給每位學生一張學習單，讓大家沈醉在風光旖旎的大自然裡，去尋找如彩蝶般的夢幻靈感。

上完兩節童詩課，就是中午吃飯時間，王老師看著體重已經超越自己的小胖哥明煌，大口大口地吃著面前堆積如山的食物，讓原

本沒胃口的他，也覺得這頓飯吃起來特別香甜。心念突然一轉，或許人真的是「天生我材必有用」，如果他的語文能力能像他丟鉛球時力氣那麼大的話，那肯定就會創作童詩了。

下午放學前最後一節抄聯絡簿時，王老師宣佈了一件特別消息：「現在的季節是秋天，秋高氣爽，最適合出外郊遊踏青，老師有一個計劃，想在下星期一早上帶各位到附近的山區裡走一走，目標是和山村最有名望的陳家古厝，並沿途欣賞秋季浪漫的森林風光，最後再做一次專題報告。由於全班人數只有七人，所以老師希望你們自行協商，訂出與家鄉有關的主題，只要不重複就可以，不知道大家的意見如何？」

同學們聽到王老師要帶他們出去校外踏青，雖然全班只有寥寥七個人，但興奮的叫聲依然差點掀掉教室的天花板。

「老師，那我們可不可以帶餅乾和飲料呢？」小胖哥明煌第一個舉手發問，胖胖的身材，圓圓的臉蛋，笑起來像極了彌勒佛。

王老師聽到第一個問題，心裡愣了一下，眉頭也同時皺了一下，怎麼自己好不容易構想出來的「戶外教學」活動，轉眼就要變成「戶外野餐」了！班長美雅似乎察覺到老師的心思，立刻舉手發言糾正：「貪吃鬼，只想到吃，老師這次舉辦的活動是『戶外教學』，是『教學』，不是『野餐』啦！」

王老師會心一笑，看著一臉精明模樣的班長，果然深得我心，怪不得從一年級到五年級，全部的班長職位都被她一個人包走了！

「班長說的好，老師舉辦這次戶外教學的主要目的，是想藉著秋天的好天氣，跟大家一起去多了解自己出生及居住的家鄉風情，老師從小生長在都市裡，只有寒暑假才會去鄉下的外婆家玩，所以

對鄉間總有一股特別的感情，老師也喜歡利用假日時間出外踏青，因此老師計劃將這次的戶外教學結合鄉土教育（瞭解鄉土）、語文課（撰寫報告）、電腦課（搜尋資料）、閱讀課（彙整資料）、美勞課（製作成果）等等，統整相關學科，來完成這次鄉土專題報告之旅。」

「老師，那我們要怎麼做呢？」綽號「二姊」的曉惠繼續發問。

「對，這個問題問的好，想做好一份完整的專題報告，大致分為三個階段。第一階段是活動進行前，我們將利用明天的電腦課和閱讀課，分別從網路及圖書館查閱資料。由於老師剛調到這裡，從小生活在這片土地上的你們，一定比老師熟悉多了，下星期一將由各位為老師介紹這個地方的特色，每個人都要上台，而且內容不能重複，老師只扮演從旁協助的角色，所以主角將不再是老師，而是你們喔。」

「第二階段是活動進行中，除了行進間要注意安全以外，不管走到哪裡，大家都要仔細觀察、記錄，記錄的方式除了傳統的紙、筆外，也可以拍照；而在拜訪陳爺爺時，更可以深入提問，以求得到更多的知識。此外，最後的重頭戲，就是剛才老師提過的鄉土專題報告，我們可以找一棵大樹，在樹下一邊吃東西，一邊聽報告，在這充滿秋意的森林裡，落葉聲伴隨報告聲，應該會很愜意才對！」

「第三階段是活動進行後的部份，就是要將你們所蒐集到的資料整理成報告形式，利用美勞課做出結合照片與文字的成果展，利

用電腦課將資料上傳到班級網頁，分享給更多的朋友，這樣才算完成一份完整的專題報告，不知道各位同學有沒有問題？」

「沒問題！」「噹！⋯⋯噹！⋯⋯噹！⋯⋯」

「那好，既然放學鐘聲響了，我們準備放學吧，如果各位有任何問題，記住，隨時都可以找老師討論喔！」

王老師的諄諄教誨雖然語調誠懇，卻比不上放學鐘聲響亮，此刻同學們的心，早隨著「噹噹噹」的鐘聲，飛到外太空了！

妖精森林

三、陳家古厝

星期四早上，王老師發下「戶外教學家長同意書」，內容如下：

親愛的家長您好：

時節已經漸漸告別酷熱的夏季，正式邁入充滿詩情畫意的秋天，秋高氣爽，最適合出外郊遊踏青。

本班擬於十月四日（星期一）舉辦「鄉土戶外參訪」（陳家古厝）與「郊遊踏青」（了解家鄉）活動，並讓小朋友進行分組報告，以便在了解鄉土的過程中，學到課本以外的知識，以及對從小生活的周遭環境有更深一層的認識，這也是屬於教育部所推廣「鄉土教育」的一環，期盼您能允諾讓他們參加；若有困難，也請告知導師，以便安排其他學習課程，謝謝您的配合。

□ 同意讓貴子弟前往

□ 不同意讓貴子弟前往

□ 其他：

五年信班王健一老師敬上

中華民國　年　月　日

隔天星期五，家長同意書回收率高達百分之百（大概因為全班只有七個人吧！），同意率也高達百分之百（根據可靠消息指出，小朋友在聽說王老師要帶他們出去「玩」，不只纏著家長讓他們參加，還順便採購不少零食、飲料，讓這次戶外教學增色不少！）

王老師特別將這次戶外教學訂名為「山林古蹟踏青半日遊」，並設計行程表，印成小張紙貼於每位小朋友的聯絡簿上，行程表內容如下：

山林古蹟踏青半日遊

時間	活動項目
8：30	快樂出發
9：00～10：00	陳家古厝導覽（陳爺爺說故事）
10：00～10：30	山林踏青（漫步森林小徑）
10：30～11：30	分組報告（外加點心時間）
11：30	滿載而歸（回學校用午餐）

妖精森林

在叮嚀完注意事項後，一天的學習又匆匆結束，放學鐘聲預告了週休二日的到來，平常大家引頸企盼的兩天休假，竟然因為星期一的戶外教學而變得特別漫長，「等待的日子總是特別難熬」，一點都沒錯。

清晨的啼鳥聲喚醒了美好的早晨，今天風和日麗，微量的雲正好遮住太陽，好像為大自然覆上一層薄紗，特地為這群快樂學習的同學們遮陽打氣。

「準備集合！」班長美雅看到大家都到齊了，喊出集合口令，在綽號「無花樹」的鳳凰木下整隊完畢，靜待王老師吩咐。

「各位同學早！」

「老師早！」

「嗯，大家都很有精神，現在時間八點二十分，離出發時間還有十分鐘，老師正好有些事情要特別交待清楚。」王老師精神奕奕地說：「雖然我們待會兒先走的是鄉內路，沒什麼大車子，但是大家還是要記得——『靠右邊走』，特別是進入產業道路或林間小路時，腳步要放輕，說話要輕聲細語，一位接一位，千萬不要脫隊，老師會請班長美雅和風紀股長『大寶』智強殿後，大家跟著老師慢慢走，並沿途用心觀察與記錄，聽清楚了嗎？」

「聽清楚了！」全班異口同聲回答。

「那什麼第一呢？」王老師問。

「安全第一！」全班又異口同聲回答。

「好，現在時間也差不多八點半了，老師約了陳家古厝的主人陳爺爺，在九點鐘左右為大家解說和山村的大戶人家陳氏家族的歷史淵源，待會兒見到陳爺爺要怎麼樣呢？」王老師又問。

「要向陳爺爺問早、問好。」平常最迷糊的「迷糊蛋」廷瑋，今天竟然第一個答對。

「嗯，還有呢？」王老師又問。

「要安靜，專心聽講。」班長美雅也舉手發表意見。

「對，很好，相信大家待會兒不論走路、聽講或觀察，都能發揮最好的禮貌與學習態度，可不要丟老師與五信全班的臉喔！好，大家出發嘍！」王老師說完，與同學們背起行囊，戴上帽子，一起朝目的地快樂出發！

走出花團錦簇的校園，向學校那幾棵個子最高的南洋杉道別，沿著柏油馬路，步入村莊主要幹道，再繞過土地公廟旁的大榕樹，那是一處專供和山村老人休憩的場所，漸漸轉入山區產業道路，蜿

蜒的山路彷彿一條巨龍，龍頭朝西北方延伸，沒入遠方的群山裡頭，四周屬於丘陵地形，地勢雖然不高，範圍卻十分遼闊。大約三十分鐘腳程，轉過一大叢刺竹林彎道，慢慢映入眼簾的，是一座充滿古色古香、紅磚朱瓦的傳統三合院，在群山環抱下，顯得特別巍峨，就像一顆迷人的紅寶石，鑲在一匹綠色的地毯上。

同學們有秩序地在門外小空地整隊完畢，有一位外貌蒼老，身體卻十分硬朗的老爺爺走出三合院門口，堆滿笑容地親自迎接。等大家魚貫經過稻埕，進入正廳之後，同學們陸續找位置坐下，身旁好幾張大木桌上，早擺滿了各式糕餅、甜點、水果及飲料，下面襯墊香蕉葉或月桃葉，準備迎接貴賓的到來，這就是傳統的閩南習俗，充滿人情味的待客方式。

王老師向陳爺爺打完招呼後，立刻為全班介紹：「各位同學，今天我們很榮幸，也很高興地請到和山村最著名的陳家古厝主人陳爺爺，為我們做一次知性與感性兼具的歷史之旅，現在讓我們用最熱烈的掌聲，歡迎陳爺爺！」

現場立刻響起轟然雷動的掌聲，雖然只有七位同學，加上王老師共八位，但在靜謐的山林裡，依然響徹雲霄。

「各位小朋友早！」

「陳爺爺早、陳爺爺好。」

「嗯，大家的精神都一級棒，很好，歡迎大家不嫌棄，來深山古厝坐坐，特別是王老師之前還特地來拜訪我，說要來訪問我，並請我當大家的解說員，可把我老人家嚇了一大跳，害我緊張得連續

好幾天都睡不好覺呢！」陳爺爺先用幽默的口吻開場，拉近彼此之間的距離。

「其實說『解說』是不敢當，陳爺爺從小就住在這裡，就像你們也都從小住在和山村一樣，都是自己的家嘛，只差我住的時間比較久而已，加上祖上積德，留下這麼一座大宅院給我，才有多一點的故事跟大家分享，所以我才會跟王老師說，不要說『訪問』，這樣太嚴肅了，你們就來聽聽老爺爺『說故事』，說說這座宅院的由來，講講這座宅院的特色，以及它的主人們所發生的事情，最後有問題再發問，這樣好嗎？」

「謝謝陳爺爺。」

「好，陳爺爺住在這裡已經超過八十年了，這裡是我出生的地方，也將是我老去的處所，所以它對我來講，就像自己的父母親一樣，台灣俗語說：『吃果子，拜樹頭。』就是告訴我們要飲水思源，要珍惜身邊的一切，當你擁有的時候，或許不覺得珍貴；當你失去的時候，就追悔莫及了。對了，小朋友，請不用太客氣，邊吃小點心，邊聽老人家說故事，故事正式要開鑼囉！」

陳爺爺做完簡單的開場白，笑容可掬，在滿經風霜的條條皺紋裡，彷彿堆疊著一個個故事，等待一位位聽眾的到來，用他最親切的口吻，訴說一段段過往的滄桑。陳爺爺好像好久沒看到這麼多客人，一時興起，竟然拿出他最心愛的二胡，拉出迎賓的調子，時而幽婉，時而激切，配合陳爺爺滿是滄桑的歌喉，在一曲「思想起」的助興下，為陳爺爺的精采故事揭開序幕……。

「我們陳氏家族到我這一代是第二十一世，相傳在十三世的祖先叫陳世興，原本住在唐山（大陸）的福建泉州一帶，因為生活困

苦，經常三餐不繼，決定遠離家園，告別親愛的母親和家鄉，橫渡惡名昭彰的黑水溝（現在的台灣海峽），隻身前來台灣討生活。」

「他原本在鳳山邑（現在的鳳山市）落腳，由於小時候曾經當過中醫學徒，對藥材頗為熟悉，於是經營起中藥材買賣生意。但不論如何辛苦工作，總存不了許多錢。在一次偶然的機會下，遇見一位唐山來的地理師，他幫先祖算命，又問他做什麼買賣，經過一番掐算後，斷言未來如果想發達，必須在打狗（原來的高雄縣市）東方，找塊山林寶地蓋房子，並種下一棵大樹，樹旁再挖一口井，砌井石板必須排成八卦形狀，如此讓八卦運轉起來，水生木，木點金，不出三年，必可財源廣進，子孫興旺，成為一方的大戶人家。」

「世興先祖聽完十分感謝，當場給了地理師一筆豐厚的酬勞。

當晚又夢到一棵大榕樹和一座美麗的森林。隔天便朝打狗東方四處打聽，最後找到了大樹腳（大樹鄉）這個地方，果然有一棵百年大榕樹，在滾滾濁流的高屏溪畔，散發出堅韌的生命力。又尋著夢境來到和山地區，和山舊名『山豬窟』，是座美麗的原始森林。一切預言都應驗了，於是用幾年辛苦賺來的積蓄，買下這片山林土地，簡單地搭建一間草屋，並在屋旁種下一棵茄苳樹，樹旁又挖了口井，井座石板按八卦形狀排列整齊。果然不出三年，鳳山邑的藥材生意供不應求，賺了不少錢，於是回唐山接來日夜思念的母親，並在當地娶妻生子，蓋大厝，就是現在的陳家古厝雛形。」

「老爺爺，那現在這座宅院就是以前你們再興祖先蓋的嗎？」明煌左手握著糕餅，右手拿著飲料，平常最貪吃的他，今天竟然第一個發問。

「當然不是，我們這座三合院的建材全部運自唐山，連興建的師傅也是特地從唐山聘請過來的，雖然蓋得美輪美奐，但木造房屋也有它的壽命，即使躲過最可怕的祝融（火災）侵襲，也抵擋不了歲月的摧殘，這裡已經翻修過好幾次了，不過基本格局一點兒也沒變，完全依照古法舊制，所以你們現在看到的房子，雖然經過改建，但與再興先祖當時所建的宅第比起來，並沒有太大差別。」

在陳爺爺詳盡的講解後，大家踩在這座古老的宅院上，時光恍若回溯到過去，又回到昔日的喧鬧與繁華，大家族的成員胼手胝足，在這座美麗的山林裡，流血揮汗，塑造出堅韌的生命力。

「現在請大家跟我來，我簡單介紹一下這座傳統閩南式建築的特色。」大家跟著陳爺爺的腳步，進行古蹟實地導覽。

「傳統的三合院蓋的都是ㄇ字形，所有房舍正面都朝向中庭，目的是為了加強族人本身的凝聚力，並有利於防禦外賊的入侵。其他的特色有紅磚、朱瓦、拱門，房子正廳的上方有燕尾脊（形狀像燕子的尾巴），說到燕尾脊，這是家中出過秀才以上的官位才有的，我們家雖然最早發跡於做中藥材買賣生意，但每一代都很重視教育，勉強也算是書香世家，祖上當過秀才的就有好幾人呢！」

「屋子主要是由廳堂及兩道廂房組成，廳堂的中央為『正廳』，又稱為『正房』或『正身』，是三合院建築的主體核心，具有供奉祖先神明牌位及接待賓客的作用。正廳的左側房間叫『左室』，為家長的居室；右側房間叫『閑間』，為家中長輩的居室。兩側廂房為晚輩的居室，依『左尊右卑、內尊外卑』的次序分配房間，所以三合院建築講究傳統，強調輩份。外邊竹圍綠籬、紅磚瓦

房，顯得古色古香；內部配合儒家思想，長幼有序，尊卑有禮，這便是閩南式傳統建築的代表作。」

「陳爺爺，那前面的匾額為什麼叫『水木連恩』，大廳的匾額叫『思源堂』，是不是有什麼特殊意義？」二寶智勇舉手發問。

「嗯，這位小朋友很細心，很棒！我先問大家，剛才陳爺爺講過的故事裡，先祖再興公得到地理師指示，做了兩件事才發財造屋，有誰還記得呢？」

「種樹和挖井，水生木，木點金，對不對？」班長美雅反應最快。

「對，所以樹是木，井是水，水與木對我們家的貢獻良多，於是從再興先祖下一代開始，我們的名字裡按輩份排列，中間第二個字的偏旁，都有水或木字，如『江、海、清、源』等，或『松、柏、桂、榕』等，這就是『水木連恩』的由來。而『思源堂』，就是要我們後代子孫不忘本的意思。」

「對了，陳爺爺再考考各位，這裡所有房間的角落都有一個洞，是做什麼用的呢？」陳爺爺指著屋角的一個小洞問大家。

「通風用的。」

「排水用的。」

「掃垃圾用的。」

答案五花八門，但陳爺爺頻頻搖頭，大家實在猜不出來，陳爺爺於是提示：「跟動物有關。」

「捉老鼠用的。」大寶智強馬上回答。

「對，答案接近了，但怎麼捉？」陳爺爺又問。

「用手捉。」

「用竹竿捉。」

「用掃把捉。」

答案還是五花八門，而陳爺爺依然直搖頭，突然有個聲音悄悄傳過來：「用貓捉，對不對？」王老師也加入猜謎的行列。

「對，還是你們老師厲害，由於山間多老鼠，家家戶戶都會養貓，晚上人們關門睡覺，老鼠身體小，見縫就鑽，貓就不行，只能眼睜睜看著老鼠跑掉，所以祖先們在設計房子時，就已經考慮到這一點。先人有許多智慧，都是從經驗中累積起來，也是後代子孫們要效法與學習的地方。」

「咦？陳爺爺，這是什麼？」班長美雅做事細膩，好學不倦，指著眼前一塊斑紋剝落的壁磚，瞪著一雙大眼睛問。

「噢！這個嘛……！這是我們陳家，也可以說是全和山村的山林傳說，傳說這片山林是由綠色小妖精守護，只有幸運的小朋友才看得見，我小時候沒看過，但我的祖父，聽說他小時候不只看過，還跟其中一位小妖精成為好朋友，後來長大後，再也看不見他們了，於是我爺爺為了懷念小時候的小玩伴，就憑著當時的記憶，請工匠塑下這塊小妖精圍著小土堆跳舞的壁磚，用來紀念他們，由於年代久遠，已經嚴重損壞了！」

「嗯！原來如此……。」

「唉喲！對不起！」班長美雅與王老師不約而同地蹲下來仔細端詳這塊壁磚，正巧頭與頭撞在一起，同聲喊了出來！

「美雅，你相信這個傳說嗎？」王老師意有所指地問。

「我……，這個……！」班長美雅欲言又止，只稍稍點了點頭，機伶的她馬上反問王老師：「老師，那你呢？」

「我……？那你相信我有個小妖精朋友嗎？」王老師以開玩笑的回答方式化解了尷尬的氣氛，於是話鋒一轉：「好了，今天我們的古蹟之旅參觀活動就到此為止，感謝陳爺爺這麼熱情的招待和詳盡的解說，讓我們獲得許多寶貴的知識，我們先用三次愛的鼓勵掌聲感謝陳爺爺，並請陳爺爺與我們全班合照，謝謝陳爺爺！」

「謝謝陳爺爺！」

五年信班在充滿愛與感恩的「愛的鼓勵」掌聲下，結束了這次豐碩的古蹟學習之旅。合照完，大家帶著裝滿知識的行囊，繼續下一段旅程。

妖精森林

四、共同的約定

妖精森林

接下來的行程是「山林踏青」時間，大家走在充滿綠意的森林小徑上，呼吸飄逸在森林裡的負離子與芬多精，綠色的樹影隨風搖曳，似乎把每個人的影子也染綠了。

踩著落葉的聲音，走在寂靜的山林裡，秋天的景色美不勝收，連呼吸聲都充滿了詩意。

「這棵樹叫『台灣欒樹』，原產於台灣，屬於高大的落葉喬木，最高可達二十公尺，野生種近年來已普遍栽種在庭園和道路旁。台灣欒樹秋天會開出金黃色的花穗，花朵凋謝後，會結出紅褐色像燈籠狀的蒴果。」王老師指著一棵枝葉茂密的樹木解說，樹上綴滿黃澄澄的花穗和紅咚咚的果實。

「老師，那些樹叫什麼呢？一整片都開著粉紅色的花吔，好漂亮喔！」好奇心特強的二寶智勇指著另一邊問。

「那些樹叫『羊蹄甲』，又名『香港櫻花』，為外來引進種。你們看它的葉子形狀，是不是很像羊蹄呢！而且當整片羊蹄甲開花時，會飄散淡淡花香，令人心曠神怡。再告訴大家一個小祕密，羊蹄甲晚上睡覺時，葉片會合在一起，就像蝴蝶收起翅膀呢！」王老師說。

「老師，那這棵樹的嫩枝和葉面都毛毛的，是什麼樹呢？我們家後院空地好像也有好幾棵，我阿嬤都叫它『鹿仔樹』，是不是？」班長美雅第二個發問。

「嗯，這是鹿仔樹沒錯，本名叫『構樹』，落葉型喬木，全株都有乳汁，樹皮平滑。果實成熟時為紅色球形，可以食用，聽說味道很甜美。它的枝葉以前是作為鹿的飼料，所以才叫做『鹿仔樹』，樹皮可作為宣紙的原料，木材則可作為薪炭。葉子有點像木瓜葉，你可別把它當成木瓜樹，以為它會長出木瓜給你吃喔！」王老師幽默的話語，立刻引發全班哄堂大笑。

「老師，你好厲害喔！好像什麼都知道，那這棵樹叫什麼？」二姊曉惠鶴立雞群，以崇拜的眼神望著老師。

「噢，鬼靈精，竟然想考老師，老師先聲明，並不是這裡的所有樹種老師都認識，只是老師平時喜歡爬山，經常跟山友討論，也常去圖書館查閱資料，甚至上網瀏覽，所以知道的比你們多一些罷了！好，曉惠剛才問的這棵樹叫『台灣櫸』，為台灣原生落葉喬木，分佈於低海拔闊葉林，冬天葉子會轉紅，點綴於群山之中，一點也不輸給『楓紅』呵！它的木材刨光後有油臘的感覺，所以又被稱為『雞油』，用途極廣，可做為高貴的地板、樓梯扶手、雕刻等用材。」

「老師，這棵樹我們學校有，我聽自然老師說過，叫『樟樹』，對不對？」迷糊蛋廷瑋竟然自告奮勇地問。

「沒錯，今天廷瑋的表現可是一百分喔！這棵樹的確叫樟樹，為常綠喬木，台灣的山林，可以說是樟樹的故鄉，它一直都是本省最主要的造林及綠化樹種。果實呈球形，成熟時為紫黑色，是鳥類的珍饈，灰褐深沈樹幹上，有著一道道縱裂紋的深溝，就像歲月刻意留下的痕跡。翠綠的小葉片，只要輕輕一揉，待會兒大家可以試試，是不是散發出淡淡的樟腦香呢！樟樹除了可用來提煉樟腦及樟腦油外，也是良好的雕刻、建築、傢俱用材，亦具有防蟲效果。」王老師邊解說，邊叫學生搓揉樟樹葉，果然有一股淡淡的樟腦香味撲鼻而來。

「我順便介紹它旁邊那幾棵樹，叫『銀合歡』，屬於常綠落葉小喬木，你們看它的樹葉排列十分整齊，而且綿密、細小，這叫『羽狀複葉』。老師這裡要強調的是，它原本產於中美洲，是荷蘭人佔領台灣時引進來的，葉子可以做飼料，木材可以當材燒，根具有固結土壤的功能，本來還算富有經濟價值，但它對土質要求不嚴，繁殖力特強，迫使許多原生樹種難以生存，破壞了大自然的平衡，這個教訓就像以前老師課堂上提過的非洲蝸牛、牛蛙和福壽螺等等一樣，許多物種沒有經過事先評估就冒然引進台灣，如今已經造成生態上的另一場浩劫，這是值得大家深思的課題！」王老師語重心長地說。

時間就像秋天的風，在不知不覺中滑過指縫，已經過了半小時，大伙兒終於來到預定的大榕樹下，大榕樹挺立於天地之間，像一位剛毅的巨人，伸出巨大的手掌拖住天空，護衛森林的一方。

「現在到了我們今天最後的重頭戲——『分組報告時間』，同時也是『點心時間』，希望待會兒大家不要只顧著吃，把要報告的話也吞下肚子，那可是會消化不良喔！」王老師開玩笑地說。

「老師，各位同學大家好，我是大姊美雅，今天我要報告的主題是『高雄的由來』。高雄古稱『打狗』，這打狗的意思不是把一隻狗捉起來打，而是三、四百年前平埔族的稱號，他們分布在高雄縣、市的交界平原地區，早年為了防止流寇入侵，遍植刺竹，這『竹林』在平埔族的發音就是現在的『打狗』，後來日本人統治台灣，就將『打狗』的台語發音寫成日文漢字『高雄』，這就是高雄名稱的由來，我的報告到此為止，謝謝各位！」

「很好，班長美雅將高雄古代叫『打狗』的由來說得很詳細，好，下一位要報告的同學請到前面來。」

「老師，各位同學大家好，我是二寶智勇，今天我要報告的主題是『高雄縣三大行政區域的由來』。高雄有『三山』：鳳山、岡山和旗山，現在的『鳳山市』原稱『埤子頭』，由於名稱不雅，後來因為它的東南方有座丘陵，遠望狀似鳳凰展翅，所以改稱『鳳山』；『岡山鎮』原稱『阿公店』，相傳當時有一位老翁在路旁搭屋做小買賣，並免費供應茶水給過往商旅，慢慢形成聚落，後人為感念老翁，才稱此地為『阿公店』；『旗山鎮』舊名『蕃薯寮』，傳說也是有一位老婦人在路旁搭建草寮，賣蕃薯湯，因而得名，以上就是我負責報告的部分，謝謝大家。」

「嗯，很棒，智勇將高雄縣三山的由來作了一次簡明扼要的解說，接下來換誰報告呢？」

「老師，各位同學大家好，我是二姊曉惠，今天我要報告的是『大樹鄉的特色』。大樹鄉位於高雄縣中央之高屏溪畔，西依丘陵地形，屬於中央山脈與內門丘陵的延續，東邊濱臨高屏溪，與屏東市毗鄰而居，除了濱高屏溪側有面積較為廣闊的沖積平原外，其他全為山坡地。大樹鄉的鄉名由來，是相傳在下淡水溪畔，有一棵大榕樹，因此得名『大樹腳』。大樹的風景名勝有佛教聖地佛光山、水利灌溉的曹公圳、昔日運輸輸紐高屏舊鐵橋、美麗壯觀的斜張橋等等；物產則有遠近馳名的『玉荷包荔枝』、酸甜可口的鳳梨、高屏溪底的西瓜等，都是大樹鄉的重要特色，我的報告到此為止，謝謝大家。」

「嗯，很好，曉惠言簡意賅地點出大樹鄉的特色，接下來換誰呢？」

「老師，各位同學大家好，我是大寶智強，我要介紹的是我們所在的村落『和山村』。和山舊名『山豬窟』，是座原始森林，相傳古代人煙稀少，常有野豬成群出沒，所以才稱為山豬窟。這裡的地形屬於典型的丘陵地形，山勢連綿不斷，層巒相疊，是一片廣濶的綠色大地。村內有座大廟，叫『和山寺』，供奉中壇元帥、媽祖、廣澤尊王等神明，不僅是百姓的信仰中心，也是日常鄉民聚會場所。此地居民大多務農，種植荔枝和鳳梨，生活雖然辛苦，卻也悠閒，以上就是我報告的部份，謝謝各位。」

同學們一位接著一位報告，雖然沒有長篇大論，但輕鬆的語調充滿感情，就像這座舒坦快意的森林，給人愜意滿足的心情。

最後一位輪到傻妹蓮英，由於蓮英的語言表達能力不佳，這是天生的缺陷，所以老師與同學都在一旁加油打氣，但昨天明明有

準備的她，上台還是支支吾吾，才開口講沒幾句，台下卻沒有人聽得懂，老師看看時間也到了，正想打圓場解除尷尬氣氛，為今天的行程告一段落，突然一陣強風吹掠，刮起一大片飛葉在空中盤旋，同時飄來陣陣惡臭，隱約中，有綠影閃動，蓮英呆滯的眼神突然一亮，接著大叫：「是小妖精！」

「啊！蓮英，你看得見小妖精！」王老師訝異地問，因為他也看到在滿天的飛葉之中，那個綠影的確是「綠色小妖精」。

「老師，不只她看得見，我問過班上的同學，除了明煌沒看過以外，大家都看過小妖精！」班長美雅替蓮英回答。

「你們都看得見，哪時候開始，怎麼沒聽你們提起過？」王老師好奇地問。

「我小時候就看過，其他人是在老師開始教童詩以後才看得到；至於我們為什麼不說？那是因為大人們不會相信，他們只會說是我們小孩子看錯或亂講，所以我們曾經私下約定，大家要一起保守這個共同的祕密！」班長美雅委屈地說。

「其他大人不相信沒關係，誰叫他們已經失去想像力，不過……，老師相信你們，我也會為你們保守這個約定，好，我們趕快跟過去，一起找找看這股惡臭的來源！」王老師知道班上七人之中有六個人看過小妖精，精神為之一振，又想起在教室碰到小綠時所說的話，於是決定追查下去。

穿過一叢叢矮灌木，轉了幾個彎，看到遠方矗立一根大煙囪，還「呼呼」地冒著黑煙，王老師立刻明白過來，原來小綠口中白頭翁所說的「會冒煙的電線桿」，就是這根會污染環境的大煙囪，躲在這片僻靜的山林深處，難怪沒有被發現。

等接近大煙囪時，必須跨越一條小溪，這是高屏溪的上游，溪畔的石頭堆裡，竟然汩汩地冒著黑水，王老師就近一看，原來底下埋有一條地下排水涵管，出口末端用石頭圍住以掩人耳目，怪不得小綠說青蛙回報有一處「會冒黑色泉水的溪流」。黑水不斷流入河中，河水一片污濁，又夾雜陣陣惡臭，而且水中魚屍遍野，看上去，彷彿一座水域墳場！

等大家逼近現場，發現前面有一座黑色大建築物，矗立在隱密的叢林之中，突兀的人工設施，座落在這個質樸的自然界裡，顯得極度不協調，似乎就是呼之欲出的污染源。

王老師心痛不已，烏雲散盡，真相終於大白，或許這就是小妖精們要離開生活千百年故鄉的原因，兇手竟然就是人類自己！於是他心中打定主意，想藉著這次戶外教學之便，發起一次生態調查行動，讓和山村的村民們了解，自己居住的這片美麗山林，已經慢慢步入攸關生存的急迫危機之中了。

五、班親會

王老師著手擬定計劃，想對這座古老而美麗的山林進行一次大體檢，以便找出真正讓小妖精們離開家園的原因。於是利用假日，背起照相機，準備紙和筆，穿梭於山林之間，開始進行田野調查，詳實記錄這座山林的生態環境。當然最重要的，是調查這座神祕的黑色大建築物，為何隱密於叢林之中，究竟是做什麼的？

王老師以製作「科展」為名義，親自率領班上的四位小朋友（班長美雅、大寶智強、二寶智勇、二姊曉惠等），加入這個保護山林的活動，因為王老師心想，這裡是他們的家，也是歷代祖先的居所，如今被惡意破壞，該是他們挺身出來捍衛家園的時候了，於是一起走入山林調查真相。

除了動態的野外調查記錄外，王老師也將觸角伸向靜態的書面資料搜集，親自帶領學生查遍學校圖書館、鄉立圖書館，最後在鄉

公所張科長的熱情贊助下，找到日本時代，為建造高屏溪舊鐵橋，由總工程師飯田豐二延聘的日本本土專家，對高屏地區進行一次大規模的地形勘查，並畫下詳盡的地形圖及山林分布圖。王老師拿古今山林分布圖仔細比對，發現了一項驚人的改變，和山地區這片古老的森林，正在時間的滾滾洪流裡慢慢消逝……。

王老師搜集完整資料，發現了許多驚人的內幕，心中打定主意，不如利用這次星期三下午的班親會，將這次戶外教學的成果展示，也順便將山林調查的資料公布，王老師相信，這份資料一曝光，平靜的和山村將掀起陣陣波濤。

星期三下午的班親會很快到來，大樹國小本校、分校分開舉辦，同步進行，雖然分校地處僻壤，來參加的家長還算踴躍，連村長也親自前來參加，因為他兩個孫女兒都就讀和山分校，一位是就讀五年信班的姊姊曉惠，一位是就讀四年義班的妹妹曉婷，由於曉惠剛好在王老師任教這班，又是這次調查行動的成員之一，王老師特別交待她先不要跟爺爺說，以免打草驚蛇，壞了大局。

班親會下午兩點舉行，才一點半，已經座無虛席。圖書館充當會議室，雖然不大，但經過老師們的巧手佈置後，變得十分溫馨，讓家長們充份體會出老師教學以外的用心。

各年級分標示座位坐好，校長、主任分別致詞感謝後，接下來是各班級親師座談，專屬於家長與導師的互動時間。最後要全體討論時，王老師見時機成熟，拿出這陣子辛苦搜集到的調查資料，一一陳列出來，有照片集錦、量化圖表、立體模型等，接著王老師上台致詞。

「感謝各位家長對老師們的支持，原本今天的班親會，重點應該放在親師座談，但我這裡還有一件重要的事情要宣佈，因為它關係到全和山村的未來，因此請各位在座的家長仔細聆聽。」

王老師的一席話，吸引了原本喧鬧吵雜的現場，等班上小朋友幫忙將一張張環境污染的照片，一份份統計數據資料公布出來以後，現場一片譁然！

「各位安靜，王老師，我是和山村村長，你現在公布的這些資料是……？」

「村長您好，今天正好您也在場，待會兒我會一一解說，但我必須先聲明一件事，這些資料是我們五年信班全體同學通力合作，花了一個多星期趕工製作出來的，可信度百分之百，由於關係到和山村的永續發展與村民的健康狀況，還有我對一位特別朋友的私下承諾，所以今天才決定將它公布出來。」

「各位，這些照片都是和山森林深處，也就是本村的水源區遭受嚴重污染的證據，樹木大量死亡，草地整片乾枯，河水污濁不堪，魚蝦集體暴斃，根據我一連串的明查暗訪，這些污染的矛頭，都指向森林上游的那棟黑色大建築物，其實是一家隱密的紙漿工廠，煙囪冒出黑煙，涵管排放廢水，已經對鄰近地區造成無法估計的傷害。」

「各位再看看我左手邊這張統計圖表，明顯看出，民國八十五年八月統計的林相圖，與我調查的最新結果比對，顯示樹木大量死亡，這是一個重大警訊，它告訴我們這座森林已經生病了，而且污染範圍還在擴散，美麗山林一寸寸快速流失，可能就在你我說話的同時，不知又有多少動植物遭殃呢！」

「大家再看看我右手邊桌上擺放的兩個立體模型圖，這是古今森林對照圖，左邊標示的是日治時代，右邊標示的是現在，用深綠色表示原始森林，用綠色表示荔枝園，用黃綠色表示鳳梨田，用黃色表示未開墾荒地，用藍色表示河流，用紅色表示污染區，各位，日治時代的森林是百分之百覆蓋在整片的和山地區，後來因為人為的開發，森林面積逐漸減少，玉荷包荔枝雖然遠近馳名，卻讓原始森林減少了；鳳梨果肉雖然甘甜，也讓地表沙漠化。但這些都是因為人為的經濟因素，為了討生活不得不發展，我在這裡無意批評。所以都將它們畫成綠色色系，代表至少它們都是綠色植物。但現在我要大家注意看的是左上方的紅色區域，就是我調查出來的污染區，已經有我們這個校園的十倍大，而且最可怕的是它又正好處於水源區當中，各位想想，和山以甘泉出名，就連國內知名的豆花工廠都設在這裡，如今大家每天賴以維生的水源一旦遭受污染，相信已經不只是保護山林的問題，也是在座各位的健康問題，所以我在這裡誠懇呼籲，保護自己生活所在地的山林，需要大家共同的努力，謝謝。」

王老師的一番話驚起大家熱烈討論，村長也即刻表明，近日內一定會同相關單位前去處理，村民們也即刻發起山林保護運動，大家一起來捍衛這片純淨的和山森林。

王老師對這次展示的結果與村民的配合度感到十分欣慰，心想喚醒大家的注意，或許能捉出污染環境的元兇，因而留住森林小妖精，這才是和山地區之福啊！

但事情發展並不如想像中順利。

村長親自率領相關人員前往污染地區勘查，只發現有污染情形，卻無法證實與那棟黑色建築物有直接關係。廠方表示，這裡早就沒有生產紙漿了，工廠的陳舊設備證明了這一點。村長等人找不到直接證據，只說會繼續留意查看，調查污染的行動「雷聲大，雨點小」，迅速告一段落。

王老師數著日子，離綠色小妖精遷徙的時間只剩一個星期，如果無法遏止污染，恢復林相，等小妖精們一走，這座活絡的森林將宣告死亡。王老師憂急如焚，與全班同學商量，由於時間緊迫，必須兵分兩路，同時進行：一是繼續調查，查出業者污染的方式及確定時間，來個人贓俱獲；二是由他親自去聘請以前在嘉義山區國小任教時，認識的樹醫生阿古伯，看看能不能想出快速醫治樹木，恢復林相的方式。於是全班分頭進行，調查行動由同學們暗中輪流執行，王老師則負責親自前往阿里山奮起湖，去找尋這位脾氣古怪，卻心地善良，醫樹如醫人的一代樹醫生——阿古伯。

王老師親自駕車前往阿里山奮起湖，沿途風景美不勝收，但王老師無心欣賞，內心只要一想到小妖精們搬走後的和山森林，將變成一片死寂，不禁悲從中來，腦海中浮現的，是小時候暑假在外婆家親手種的龍眼樹，剛到可以採收龍眼的時候，竟然生病死了，自己還哭了好幾天！如今長大了，偶然想起此事，還會眼眶泛紅。王老師看著車內的後視鏡，臉上竟然出現了兩道淚痕，不知是感傷過去的龍眼樹？還是感傷秋天的阿里山？抑或是感傷未來的和山森林將會是什麼樣的命運？

六、樹醫生

阿古伯年約七十好幾，有一頭如雪花般的頭髮，個頭矮小，卻身手矯健，特別是有一雙如鷹眼般銳利的眼睛，彷彿可以穿透人心。年紀雖然有點大，精力絕對不輸給一般小伙子，只要走入山林裡幫樹木看病，腳程之快非一般人可比。

阿古伯在阿里山奮起湖工作超過三十年，特別鍾情樹木，醫過的樹超過一萬棵，可以算是國寶級人物。他不喜歡都市的繁華，喜歡一個人安安靜靜地待在森林小木屋，過著沒有電與瓦斯的原始生活，更別說使用電話了。所以想找他，就得事先與當地的村長聯絡，村長再步行到森林裡約三十分鐘腳程的地方才找得到。還好當天他正巧在村長家裡喝酒聊天，否則四處為樹木看病的他，想找到人，恐怕得有一份好運氣。

王老師帶著往日回憶，舊地重遊，卻沒有心情賞景，見到阿古伯已接近晚上。由於山區夜間行車危險，只能待在山上一夜。王老師趁機向阿古伯稟報詳情，順便將看到小妖精的事情也告訴他。只聽得阿古伯皺著眉頭說：「小王，怎麼幾年沒見，你愈來愈迷信了，什麼小妖精守護森林，那也只是傳說，聽聽就好，你倒認真起來呢！好，不管是小妖精，還是大妖精，既然你說和山地區的森林水源地遭受污染，樹木整片死亡，以科學的角度來看，這個忙我幫得上！」

聽到阿古伯的口頭保證，王老師像吃了一顆定心丸，因為他知道阿古伯脾氣古怪，他若不想幫忙，即使用疊得跟他身高一樣高的鈔票也請不動他；他若想幫忙，不僅分文不取，兩肋插刀都行，讓原本沒有把握的王老師，心中放下一塊大石頭。

兩人閒話家常，話匣子一打開，就像關不住的水籠頭，講到深夜依然意猶未盡，一老一少，在阿里山上的小木屋裡，徹夜長談，真是酒逢知己千杯少，話語投機不嫌多。

隔日天邊剛現出魚肚白，王老師就載著阿古伯，風塵僕僕回到高雄市老家，也已經傍晚時分。吃完晚飯剛好九點，正想利用一下機會，好好招待這位遠方來的貴客，去家裡附近的夜市走走，突然手機鈴聲響起，是分校胖主任的聲音，從電話聲中，傳來一個驚人的消息，說他們班上外號「傻妹」的蓮英到現在還沒有回家，急得家人四處尋找，也報了警，但從七點多找到現在還沒找到，聽小朋友說她跟她們一起去深山裡輪流調查，她是最後一輪，應該到黃昏就要回家，哪知到了晚上還不見人影，問王老師知不知道她可能在哪裡？

王老師聽出事情的急迫性，知道蓮英的智商雖然不高，卻很有責任感，一定是聽到老師說那座黑色工廠可能在晚上才會動工，露出狐狸尾巴，想利用晚上搜集證據。於是連夜趕回和山校區，阿古伯也跟了過去，因為經常在晚間出沒山林的他，帶在身邊，就像帶了一個活的指南針。

原本應該靜謐的校園，今夜燈火通明，村長、蓮英的家長、胖主任，還有好幾個警察，及一群主動前來幫忙的村民，聽說王老師要前來帶隊搜山，已經恭候多時，一行人浩浩蕩蕩，在王老師的帶領下，帶著兩隻警犬，一起走入山林深處，朝黑色的建築物挺進。

一行人雖多，但在夜晚的巨大帷幕下，身影顯得非常渺小，一位接一位，穿梭在漆黑的林地，手電筒照出微弱的燈光，好像一條發光的帶子，在低垂的夜幕下閃耀流光。

眾人慢慢進入森林深處，四周一片寂靜，除了蟲鳴及風聲以外，隱約中，好像有輕微的機器聲傳來，愈接近目標，聲音愈大。在轉過刺竹叢時，遠方天空豁然形成一面大黑幕，黑幕裡，有一根碩大的煙囪，正賣力地吐著白煙！

跨過河岸，又是一陣惡臭，好奇的村民用燈火一照，河畔的石堆裡，果然冒著又黑又稠的液體，全部流向河心，村民們一陣噁心，心想這就是我們平常喝的水嗎？

大家終於在圍牆邊找到蓮英，由於餓壞了，身體有些虛脫，軟軟地倚著牆壁，依然用手指指向天空和河流，彷彿是一種無聲的控訴，這就是逼迫小妖精們搬離家園的元兇！

村長及村民們會同警察，直接衝入工廠，工廠負責人一陣錯愕！原來最近他們發現有人在附近走動，將生產線全部改在晚上，

又將新進的機器搬進屋後的小土丘裡，那個小土丘外觀雖然是個土丘，其實暗藏玄機，是一個空的大貯藏室，夠他們生產產品了，而那些被淘汰與報廢的機器，通通擺在外面，難怪村長找人查了好幾次，都找不到直接證據，如今誤打誤撞，被發現改在晚上動工，與其說是老天有眼，不如說是蓮英對捍衛家鄉的堅持吧！

隔天，工廠就被政府當局下令歇業，在村民蘊釀圍廠抗議下，工廠老闆自知理虧，怕引起公憤，自動提出遷廠計劃，並願意負擔高額的賠償金，以恢復這片原本美麗的山林。

隔天正好是月亮圓得不能再圓的日子，也就是農曆的十五日，小妖精們預定集體遷徙的日子。王老師帶著村民及阿古伯，回到這片已遭受污染的土地，阿古伯邊看邊搖頭，對著王老師的學生機會教育，其實別有用意，也是在教育生活在這片土地上的大人：「用科學的角度來看，破壞容易建設難，砍樹容易種樹難，一棵樹要從小樹長成大樹，需要一段很長的時間，少則數十年，多則百年，比人的成長更久，所以我們才會說：『前人種樹，後人乘涼。』既然一棵樹的成長都這麼漫長，那一片樹林呢？好，小朋友，阿古伯考考你們，一棵樹叫木，那兩棵樹呢？」

「林！」

「三棵樹呢？」

「森！」

「好，大家都很聰明，那阿古伯再問你們，有沒有比三個樹還多的呢？」

同學們面面相覷，連一旁的大人也搖頭說不知道，王老師心領神會，笑著說：「比三棵樹還多的，不就是『森林』了嗎？因為它

有五棵樹呢！」

阿古伯也笑了出來，現場大家都笑了出來，沒錯，一座森林是由許多許多「樹木」組成，就像人類的社會是由許多許多「人」組成一樣，每個人都是最特別，最重要的，樹木亦然！

阿古伯教大家先把壞的樹木砍掉，堆起來都快成為一座小山。阿古伯臉色凝重，邊看邊搖頭，因為這一大片樹林全部中了毒，沒救了，只有砍掉一途。至於外圍污染較輕的樹木，阿古伯用噴漆做記號保留下來，還可以醫治。這一大片土地經過這麼一砍伐，立刻成了光禿禿一片，難看極了，不過阿古伯擔心的還不只這些。

「這些樹砍掉重種就好，問題是土壤被嚴重污染，只有換土一途，明天我會叫你們準備一些中和毒性的藥劑噴灑，再進行換土動作。由於污染面積太過廣大，無法全部更換，所以只能採中庸作法，用一般的新土混和翻攪，這樣也能去掉一半毒性，再花個幾年，甚至幾十年時間，讓樹與土地慢慢吸收掉毒素。不過各位千萬記得，這附近不可以種植任何可以食用的經濟作物，例如大樹鄉盛產的荔枝和鳳梨都不能種，因為毒素是會殘留與轉移。總之，想恢復這片山林，需要大家齊心協力，每人種下一棵希望之樹，讓這片土地上的大人和小孩認養，就能喚醒大家保護山林的決心，讓我們大家一起手牽手，心連心，共同扛起保護山林的重責大任吧！」

阿古伯登高一呼，村長與分校主任立刻同意，將結合村民與和山分校全校師生力量，舉辦一次全民植樹運動，每人認養一棵樹，讓和山地區再度成為美麗森林的典範。

過了幾天，又到了星期三下午，沒有小朋友上課的教室，顯得安靜而冷清；但王老師的心，卻憂急如焚，到底小妖精們有沒有離

開故鄉，遠走他鄉呢？王老師抱著一顆忐忑不安的心，特地在講台上放了許多飯粒，希望今天能再見到小綠一面。

沒讓王老師失望，小綠騎著麻雀座騎小飛飛，再度降臨五信教室。趁著小飛飛覓食的同時，王老師好像見到老朋友一樣興奮，高興的差點拉著小綠的手跳舞，但突然想到小綠的身高只有拇指般大小，大概只能用自己的小指頭為他伴舞吧！

「王老師，我們又見面了，謝謝你，還有你的學生，以及所有和山村民，你們這幾天的努力，我們都看見了，我一直找不到機會向你道一聲謝，你們的心打動了長老，經過三天三夜的討論，雖然沒有結論，但我們還是願意繼續留下來，守護這片原始森林，你可算是妖精族的最大功臣。」

「小綠，你這樣說我太不敢當了，我不敢居功，是我的學生，加上所有和山村民的共同努力，才達成任務，往後的日子還長的很，希望你們能安心地住下來，繼續繁榮這塊土地，那才是這片土地上所有生物的福份呢！」

「王老師您太客氣了，為了感謝你，大長老特別吩咐我，把這個蜜釀送給你，它具有清熱解毒的功能，如果在森林裡被毒蟲咬傷，或許能成為救命法寶，往後你若想找我或妖精族們，記得，只要對著花朵說話——『花語傳情』，就自然會傳到我們耳朵裡，而且在森林西北方深處裡，有座金字塔形狀的小山丘，那裡就是我們妖精族的聖山，也是我們的家，長老們邀請你和你的學生，在下個月亮圓的不得再圓的日子，太陽高的不能再高的時刻，前來我們妖精的家作客，妖精族的人類朋友並不多，大人更是絕無僅有，希望你們能撥空前往。好了，我要傳達的事情已經說完，再見了，我們妖精族的好朋友，王老師。」

「小綠，再見了，謝謝你們的邀請，有時間我們一定會去，祝你一路順風。」王老師已經成為妖精族的好朋友，雀躍得像春天裡的小鳥，在教室裡跳起曼妙的舞步。收好小綠送的珍貴禮物，雖然只有米粒般大小，但禮輕情意重，心想若有拜訪的機會，該回送什麼禮物呢？

阿古伯、王老師與村民們合力培土成功，一星期來的辛苦，終於有了代價。

週日的植樹活動，參加的民眾十分踴躍，和山村村民攜家帶眷，幾乎全村總動員，在阿古伯與王老師的帶領下，各自種下自己認養的希望之樹，讓原本的樹木墳場，再次展現盎然生機。

「我還是那句老話：『生兒容易養兒難，種樹容易養樹難。』這些小小幼苗要想恢復成昔日茂密的森林，恐怕要經過比其他地方更艱困的考驗，這是時間與耐力的試煉，今天的植樹活動雖然成功，並不能保證每棵樹都能存活下來，以科學的角度來看，我擔心情形恐怕不甚樂觀！」阿古伯憂心忡忡地說。

「沒有問題的，你看，守護森林的小妖精不是前來幫忙了嗎？」王老師脫口而出。

「小妖精前來幫忙？」阿古伯用疑惑的眼光看著王老師。

「啊！我的意思是……，你看，那裡有一大群麻雀繞著樹木飛行，不是很特別嘛，好像森林有自己的靈性似的！」王老師故意轉移話題，並向現場的五年信班學生眨眨眼，學生們也對著王老師眨

眨眼，彼此心領神會，因為他們都有看見，每隻麻雀的背上，都載著一位揮著權杖，正在施法的小妖精呢？

現場的人看著滿天的麻雀繞著小樹苗飛舞，也嘖嘖稱奇，心想這必是個好兆頭，和山終於又要恢復往日的生氣。

在小妖精們的暗中幫忙下，這批種下去的幼苗，竟然全部活下來，而且長得比其他地方的幼苗更快、更好，阿古伯不相信自己的眼睛，平日「以科學的角度來看」不離口的他，對這裡傳說的懷疑，似乎開始有些鬆動。

不過五年信班的全體師生，除了明煌看不到小妖精以外，他們已經完全相信，小妖精們必是這座森林的真正守護神。

「老師，我昨天也有看到小妖精呢！」星期一的一大清早，小胖哥明煌跑紅了臉，興沖沖地向王老師報告。

「真的嗎？可是，你之前不是看不到嗎？」王老師又驚訝又好奇地問，因為到目前為止，明煌是全班唯一看不到小妖精的人，連智力比他不靈光的傻妹蓮英都看得到。

「因為，我前天晚上睡覺的時候，突然靈光一閃，立刻爬起來寫了一首已經想了好幾天，卻寫不出來的童詩，我知道寫得不好，但這完全是我自己寫的，沒有抄襲或參考別人的喔！」明煌少了昔日的羞澀，今天看起來自信多了。

「好，你快拿給老師看看。」王老師急切地說。

「就在這裡，請老師幫我改一改。」明煌不好意思地說。

「嗯，題目是『青蛙』。」王老師認真且習慣地小聲朗讀起來：「青蛙像個唱歌高手，每天不停的呱呱叫，連小鳥也唱了起來，毛毛蟲聽了很快樂。青蛙像個舞者，蝴蝶看到，跟著在天空跳

舞，小鳥看到了他們在跳舞，都拍手叫好，連我看了都想和他們一起快樂的跳舞呢！」

「嗯，寫得很棒，只要稍加潤色，就是一首好詩了，你要記住，詩本身並沒有好壞，完全在作者有沒有用心，有沒有想像力，只要具有感情的詩，都將成為一首好詩。」

王老師勉勵完，當場為他蓋上兩個「學習認真」印章，忽然想起小綠的話：「沒有想像力的人，是看不到我們的。」看到現在充滿自信的明煌，果然應驗了這句話。

妖精森林

七、森林小妖精

阿古伯見復育後的樹木成長狀況良好，心想離家多時，也該回去了，於是向和山村村長與村民們告別；但純樸好客的村民哪肯放人，對王老師與阿古伯這兩位保住村子命脈的大功臣讚譽有加，輪流宴請，喜歡寧靜的阿古伯哪受得了這種熱情款待，堅持告退。後來村長才協調村民，利用一次村民聚會的時間，辦了十幾桌，為即將離別的阿古伯餞行。

阿古伯臨走前，與王老師在和山校園裡散步，秋風刮起陣陣落葉，為校園的白色水泥地鋪上一層褐色絨布，王老師忽然想到什麼，轉頭對阿古伯說：「伯仔，你看我們教室前這棵鳳凰木怎麼了，每到接近夏季的時候，別的地方的鳳凰木花開似火，唯獨這棵老樹依舊一片翠綠，聽說從以前到現在都不曾開過花，所以我們都稱它為『無花樹』，你老幫我們看看是不是生病了？」

「噢，有這種事，讓我檢查看看！」阿古伯拿出他的看家本領，親自為這棵號稱不會開花的「無花樹」看診。

「小王，你能不能在我檢查同時，多告訴我一些有關這棵樹的事情？」阿古伯醫樹如醫人，要先尋問病情，再對症下藥。其實阿古伯在年輕的時候，曾經是位留學日本帝國大學的準醫生，當時他學的是醫人，後來因愛樹成痴，在因緣際會之下，成為一位罕見的樹醫生。

「可是……，我知道的只有傳說，一向以科學為依歸的你，會想聽嗎？」王老師不好意思地表示。

「沒關係，即使是傳說，有時也有參考價值，是對是錯，我自會斟酌。」阿古伯拿著自己改良型的聽診器邊聽邊說。

「好吧，我之前曾經向你提過，和山這片山林裡傳說有小妖精守護，因此植物長得比其他地方更加茂盛、繁榮，村民們也都十分敬畏這些群山之神，只要進入山林砍樹，即使是一棵小樹，也會用簡單的儀式祭拜這些山精靈。但在蓋這座學校的時候，砍樹的外地工人竟然忘了拜拜，於是小妖精下了詛咒，讓這棵樹只會成長，不會開花，以此告誡那些對大自然不尊敬的粗心人類！」

「哦？這樣子，大自然的力量有時不是渺小的我們所能想像得到的，或許也是一種可能吧！」阿古伯首次鬆口，不再開口閉口「科學」，這倒令王老師有些訝異。

「噢，言歸正傳，這棵樹我仔細檢查過，樹心沒有空洞化，也沒有蛀蟲的情形，樹的枝幹及葉片也沒有病蟲害的跡象，應該是一棵很健康的老樹，竟然不會開花，這就奇怪了，它真的從以前到現在都沒開過花嗎？」

「我求證過以前從這裡退休的老師們，在他們印象之中，一次也沒開過！」王老師篤定地說。

「這就怪了，既然它有不孕症這麼久了，除非奇蹟發生，否則可能一輩子也開不了花，結不成果呢？」阿古伯嘆息地說。

這是阿古伯為和山地區的樹所做的最後一次看診，雖然沒有結果，但想讓不開花的「無花樹」開花，或許真的需要奇蹟！

王老師滿心期盼月圓之日（月亮圓的不能再圓），正午時分（太陽高的不能再高）的時刻到來，月亮掛在天邊，由窈窕慢慢變成豐腴，王老師的心情，也由期待慢慢變成緊張。

好不容易捱到這一天，正好是星期六，王老師帶著五年信班全體同學，以健行為名義，每個人攜帶一份小禮物，由於他們不曉得小妖精們喜歡什麼，於是王老師交待他們準備一些小點心之類，而王老師自己則背了一個大袋子，裡面放了一件很特別的禮物，準備送給小妖精。

一行人從和山分校出發，路過村莊，穿過樹林，往人跡罕至的森林深處走去。約莫一個多小時，才走到小綠所說的地方，一座有兩層樓高，呈尖塔狀的大土丘，土丘外面除了有許多小型植物覆蓋外，還有各種奇異的爬藤，野花怒放，蜂蝶亂舞，一片綠意盎然，是一座非常隱密的處所，雖然不起眼，卻是小妖精們千百年來的聖山，也是和山地區水源的總命脈。

妖精長老們親自率領一群迎賓隊伍，站在聖山前面，用最美妙的歌聲與舞姿，歡迎最重要客人的到訪。

「我們已經好幾百年不曾接待過這麼多的人類朋友，曾經聽爺爺的爺爺說過，在人類剛誕生的時候，與妖精族都是蒙受上帝恩

寵的種族，一同和平地居住在森林裡，過著幸福快樂的日子。但最後善變的人類放棄森林，選擇離開；而單純的妖精族熱愛森林，選擇守護，人類與妖精的祖先才漸行漸遠，慢慢的，千百年過去了，人類大量繁衍，一直壓迫我們的生存空間，而始終維持少量族群的我們，不善與人爭，只好四處遷徙，最後就變成人類口中的傳說了！」個子最高的長老首先發言，他似乎是妖精族的領導者，不過妖精族裡沒有國王，完全由長老們合議決定所有大事。

「我們跟人類接觸的最近一次記錄，大約在一百年前，有一位住在陳家古厝的小孩，名叫小榕，因為貪玩，在森林裡迷了路，這座山區以前經常有黑熊出沒，小榕雖然機警，躲過黑熊的魔爪，卻受了傷，又體力不支，倒在我們的聖山邊，當時我們正好在舉行『森林百花祭』，妖精族有個千百年來的傳統規定，就是與人類祖先分開後，就不准與人類有私下接觸。但人命關天，經過全體長老們的討論，認為這位人類小孩與我們有緣，才會在這個時候出現在這裡，於是決定救他。後來我們發現，在大多數人類心目中，我們只是一個傳說故事，但只要心地善良、想像力豐富的小朋友，依然可以看見我們。小榕被我們救醒後，不僅看得見我們，也跟我們成為好朋友，也時常參加我們的祭典。不過很可惜，長大後的他，就永遠看不到我們了！」第二高的長老接著發言，王老師推測，妖精族的地位，可能是按照「身高」決定的！

「小榕是我們妖精族最要好的人類朋友，我們先救了他，後來他也救了我們。在日本人統治台灣的某一天，這裡來了一大群工程師，有計劃地將整座森林踏遍，目的是看上這片肥沃的土地，想砍光土地上所有的原生樹種，遍植經濟價值不菲的樟木。樟木或許

對人類很有貢獻，但對妖精族來說，卻比不上能提供我們豐富食物的原始樹林。於是長大後的小榕，憑著記憶中的友誼，幾乎散盡家產，終於成功說服日本長官，將樟樹改種在其他地方，保留住這片水源地，也為我們保留住生存的空間。」第三高的長老慢條斯理地發言。

「你們算是最特別的一群。」輪到第四高的長老說話，但在王老師等人眼裡，拇指大的他們，好像長得都差不多高！

「居然有這麼多人類能夠同時看到我們，令我們十分驚訝，最特別是，竟然也有一位大人能看見我們，這真是奇蹟，或許這也是老天爺安排的一種緣份吧！就像之前我們遇見的小榕一樣。好了，我們的迎賓活動到此為止，請各位隨我們進入聖山裡，接受妖精族的熱情款待吧！」第五高的長老說。

「啊？要請我們進去聖山裡面，這座聖山對你們來說，或許是座大山，但對我們來說，實在太小了，不用說我，幾個小朋友進去恐怕空間就不夠了！」王老師訝異地問。

「高矮只是一種相對的假相，打破相對性，又怎麼會有高或矮、大或小、胖或瘦之分呢！不信你們睜開眼睛看看四周，就能明白我的意思。」第六高的長老說出了富含哲理的話。

「高矮、大小、胖瘦，只是一種相對的假相，這是什麼意思呢？」王老師還沒想通，小朋友們已經興奮地叫了出來。

「老師，小妖精的聖山變大了！」二寶智勇說。

「不，老師，好像是我們變小了！」班長美雅提出不同見解。

「噢，我明白了，是妖精法術，長老，你們既然有這麼神奇的法術，為什麼不能用來懲罰壞人，保護自己呢？」王老師好奇

地問。

「你說的沒錯，我們的確擁有法力，也可以趨走壞人，但是我們妖精族自古崇尚和平，不喜歡與他人發生爭端，我們的法術只會用在和平用途，如幫助植物成長、為小動物們療傷等等，如果我們的居住地遭受破壞，我們寧願選擇搬家，也不想傷害任何人，這是我們的天性，也是老天爺為什麼賜給我們法力，卻不賜給人類的原因吧！」第七高的長老說。

王老師等人抬頭看這座聖山，現在變得不只是大，也出奇的漂亮，好像一座充滿夢幻的金字塔，完全不像之前看到的普通外觀。

進入聖山，彷彿走進童話世界，沿途有會向路人微笑的花朵，會唱歌的噴泉，會跳舞的小草，會說故事的老樹，還有數不清的蕈類植物，像一個個可愛的芳香器，散發濃濃的香水味。螢火蟲提著小燈籠，像明朗夜空下的流星；瓢蟲閃耀背上的圓點，像一顆顆閃亮的寶石。如此奇異的景象，看得王老師師生們目瞪口呆，妖精的世界就像夢境裡的一道彩虹，充滿絢爛色彩。

再往前走，看到眼前有一座富麗堂皇的迷你宮殿，主體結構是用蜂膠黏合，牆壁用蝴蝶鱗片粉飾，地上鋪滿馨香的松針，食物則用花瓣裝盛，擺出許多炫麗花形，猶如百花齊放，美麗極了。

第一排的「玉蘭花瓣」裡，盛放各式各樣的漿果，燈籠草的漿果味美而多汁、藍莓的漿果酸酸甜甜、山桑子的漿果有護眼作用、覆盆子的漿果像野生草莓、龍葵的漿果像紫黑色的葡萄……等等，都是最好的天然果汁。

第二排的「杜鵑花瓣」裡，盛放的是各種又香又甜的蜂蜜，有龍眼蜜、荔枝蜜、枇杷蜜、柑桔蜜、蒲姜蜜、向日葵蜜……等等，

還有珍貴的蜂王乳，以及小妖精們自己釀造，能清涼退火，青春養顏的蜜釀等，吃得大家嘴裡甜蜜蜜的，心裡也甜蜜蜜的。

第三排的「茉莉花瓣」裡，盛放的是各式各樣鮮花的花粉，有牽牛花粉、油菜花粉、山茶花粉、鴨跖草花粉、日日春花粉、朱瑾花粉……等等，味道香滑可口，甜而不膩，是人類世界裡想像不到的美味。

第四排、第五排、第六排……，還有更多看也沒看過的花朵裡，盛放著各式見也沒見過的小巧玲瓏食物，令人食指大動，正猶豫該從何處下手，迷人的歌聲突然響起：

「我喜歡在玫瑰花瓣上唱歌，
鮮艷欲滴的美麗，

讓我的歌聲更婉轉。
我喜歡在龍眼花瓣上跳舞，
又濃又純的花蜜，
是我解渴的良方。
我喜歡在蓮花心上沈思，
幻想回到過去，
母親溫柔的懷抱。
我喜歡在菊花叢裡睡覺，
舒適的軟床，
伴著星光正好入眠。」

迷人的歌聲剛停，另一份濃郁的鄉愁，再度佔滿每個人的心靈，王老師聽到當日小綠熟悉的歌聲，在山洞裡迴盪開來，變得更加婉轉：

「我來自遠方，
森林是我的家鄉，
那裡有甘甜的泉水，
還有看不盡的山巒，
有美麗的聖山，
還有數不清的同伴，
雖然我愛流浪，
但我更愛我的家鄉……！」

在小妖精的聖山裡，有經年都不凋謝的美艷花朵，終年都不乾涸的甘洌泉水，綠色的地衣是最柔軟的地毯，傘狀的香菇屋是最溫暖的家，蝴蝶是最善舞的舞伴，麻雀是長途跋涉的好幫手，這裡處處洋溢著喜樂與歡笑，沒有四季之分，也不用計算時間，生命彷彿魔術般，永遠停留在最美好的一刻。

「這個送給你們！」王老師在同學們分享完禮物後，拿出他的神祕小禮物。

一片片硬紙板漸漸組合起來，蓋起一座華麗的模型大宮殿，對人類來講或許只是個小玩具，但對小妖精來說，卻是一座大豪宅。裡面設備一應俱全，有美輪美奐的大廳，小巧玲瓏的房間，溫馨潔淨的餐廳，甚至餐桌上，還有一個個排列整齊的小餐具呢！

「謝謝王老師這麼貴重的大禮，我們卻之不恭，就收下了，這些是我們妖精族回贈的禮物。」最高的長老請許多小小妖精拿出八個對他們來講十分巨大的戒指，並說：「這是『香草戒指』，是由許多珍貴的香草葉組成，散發的香氣可以趨走一般毒蛇猛獸，保護你們在森林裡行走的安全。」

王老師見時候不早，正想起身告退，突然看到幾位小妖精神色緊張地飛了進來，附耳低聲地向長老們報告事情，同時在山洞裡迴響起許多洞外傳進來的零亂腳步聲。王老師正想問長老們發生什麼事，所有長老們不約而同突然轉身朝向他們，同時高舉手中權杖，一同往他們身上指過來，一道炫目的白光閃爍，王老師等人腦中一片暈眩，醒來時已經躺在洞外的一棵巨大龍眼樹下。龍眼樹高壯而挺拔，樹枝向天際伸展開來，彷彿一隻大手拖住天空；樹上結實纍纍，是附近鳥類與昆蟲覓食的天堂。

大家醒來時滿臉驚奇，以為做了一場大夢，但看看每個人手指上的「香草戒指」，心下立刻明白過來，這的確是小妖精送給他們的見面禮。

「科長，往這邊走，咦？這裡的龍眼樹下，好像有人躺著呢？」一位身穿黃色工作服，手中拿著測量儀器的人邊走邊說。

「嗯，我過去問問。你們好，請問這裡是和山地區的森林嗎？」這位微胖的中年人有禮貌的向王老師尋問。

「噢，你們是？」王老師對於這些闖入小妖精國度的不速之客，顯得特別謹慎。

「敝姓張，我是高雄縣環保局負責環境評估的科長，受私人機構委託，來這裡做環評工作。」

「原來你們是環保局的人，你們好，我是和山分校的王老師，帶學生來這裡進行野外調查，累了在樹下休息。這裡的確是和山地區的森林，只是這裡位在水源地的中心位置，不能有絲毫破壞或污染，請你們特別留意！」

「多謝你的提醒，你的話我會加以記錄，咦？這裡有座好奇特的土丘，長得好像埃及金字塔呢？」負責環評的張科長說著說著，就想走過去看看，王老師嚇了一跳，五信的學生也一陣緊張。

「等等，張科長，上次我與學生來這裡做調查工作時，因為太靠近這座土丘，差點被上面的野蜂群起圍攻，我猜那上面可能有好幾個大蜂窩喔！」

「啊！有蜂窩，那我們還是離它遠一點好，謝謝王老師的提醒，那我們朝西北方大社（高雄縣大社鄉）方向前進吧！」

眾人聽說，才鬆了一大口氣。王老師心中開始反省，強勢的人類，真的能跟弱小的妖精族和平共處嗎？

八、大世界動物園

秋風再度刮起片片落葉，匆匆一年過去了，五信的學生也順利升上六年級，他們與小妖精的友誼，也像秋天爽朗的天空一樣，更上層樓。

一大清早，村長眉開眼笑的來找王老師。

「王老師，這個禮拜天中午你有沒有空，我們村子熱鬧（拜拜），你來讓我們請客，我順便介紹前陣子剛從美國回來的小女兒跟你認識認識。」

村長突如其來的好意，讓王老師的臉紅的跟秋天的楓葉一樣，盛情難卻，不好意思地答應下來。原來村長想利用這次拜拜的機會，將自己甫學成歸國的未婚女兒介紹給王老師。

兩天後的星期五早上，東北季風刮起陣陣涼意，讓人們的心情也跟著結霜；而和山村裡傳來的消息，更讓王老師的心情飄下

大雪。

「王老師，聽說和山村山區就要成立一座大型動物園，而且已經通過政府環保局的環境評估，改天的戶外教學用走的就可以到了，不知道你聽說了嗎？」胖主任的一番話，好像重重的石頭砸在王老師的心口上。

「建動物園，在哪裡呢？」王老師緊張地追問。

「就在森林的西北方深處，再過去就是大社鄉的山區，聽說未來我們分校的前面小路將闢建為大馬路，貫穿整座森林，直達隔壁的大社鄉觀音山區，而且這個大開發案，籌備公司好像已經成功說服本地居民，全村除了被視為最孤僻的陳家古厝主人陳老爹外，全數都贊成這個開發案，看來開工日期就在這幾天了，以後這裡會有許多砂石車經過，我們可要多多宣導學生注意交通安全喔！」胖主任繼續說。

「這……，這怎麼可以，主任，快告訴我那家公司的名稱還有地址，我一定要阻止這場悲劇發生！」

「悲劇？什麼悲劇會發生？」

「我的意思是，怕去年紙漿工廠污染事件重演，難道大家還沒有學乖嗎？」

「既然他們通過環保局的環境評估，應該沒有污染問題，王老師，你最好先冷靜一下，這可是全村村民都通過的決議案，你可別與大家為敵喔！」

胖主任看著王老師漲紅如關公的臉，似乎察覺出些許不對勁，特別叮嚀王老師不要太過衝動；但王老師根本聽不進去，王老師心中只想到，和山森林怎麼命運如此多舛，一波剛平，一波又起，雖然設立動物園可能不會污染環境，但總要砍伐樹木，開闢土地，恐怕對森林賴以維生的小妖精們，又將面臨一場生存危機。

王老師打聽到消息，利用星期六的早上，親自登門拜訪，這家位於高雄市的「大世界親子動物園籌備處」，找到負責開發部的經理，出人意外的，竟是位年輕的妙齡女子。

「你好，聽說你急著找我，有什麼可以為你效勞的嗎？」順著一頭披肩的黑亮長髮，好像電視上拍洗髮精的廣告明星，身材嬌小，面容姣好，在甜甜的酒窩裡，帶有一份純真的稚氣，這就是開發部女經理給王老師的第一印象，聽說她是剛從美國唸完研究所回國的高材生，專攻「休閒與遊憩管理」。

「嗯，你好，我是大樹國小和山分校的王健一老師，幸會！」王老師先作自我介紹。

「噢，你就是王老師，幸會，幸會，我叫梁燕茹，請多多指教，請這邊坐，很高興認識你。」女經理親切的語氣，好像已經認識他似的。

「事情是這樣子，聽說你們公司要在和山森林興建動物園，本來我應該樂觀其成，只是……，只是不知道你們有沒有聽說，那裡有小妖精的傳說呢？」王老師有點難以啟齒。

「小妖精的傳說？」梁經理輕鎖眉頭，受過美國高等教育的她，似乎對王老師的話有些難以理解：「王老師是說小精靈的傳說嗎？外國的童話故事我聽過，像格林童話或安徒生童話裡的小精靈，對不對？」

「不，是小妖精，不是小精靈，嗯，也可以說是小精靈，不過不是外國的那種！」

王老師的話讓梁經理眉頭鎖的更緊，水汪汪的大眼裡，似乎出現兩個大問號？

「好吧？我實話實說好了，和山森林傳說的小妖精是真實的，他們從千百年前就在當地守護森林，所以那裡的作物特別容易成長，而且只要心地善良，又有想像力的小朋友，是看得見他們的……！」

「等等，王老師，不好意思打斷你的話，你今天如果是來找我聊童話故事，現在是上班時間比較不方便，我可以在下班後另外安排時間給你，其實我從小開始，就對小精靈的故事十分著迷，或許我們會因為它而成為好朋友呢！」

「噢，不，梁經理誤會我的意思了，我今天來的目的，是要告訴你，這些不是故事，是真的，那些小妖精就活生生地生活在和山這片森林裡，不希望有人類去打擾他們，否則他們就會選擇離開森林……！」

「對不起，王老師，我很努力地理解你的話，但我發覺，你的意思好像是要對我說，這些小妖精的傳說都是真的，並且希望我們不要在那裡建造動物園，以免破壞他們的生活環境，是不是？」

「對，我就是這個意思！」

「王老師，實在很對不起，我們公司的開發案，早在一年前已經開始委託環保局做環境評估調查，也通過嚴格的檢驗，而且動物園的設立，將明顯帶動和山村的經濟繁榮，根據最新民調，也獲得百分之九十九的村民認同，如果你覺得我們有做得不夠好的地方，請你提出比較具體的建議，我們公司絕對會虛心檢討改進。」

「梁經理，我想我的話你只聽懂一半，和山森林的小妖精故事不是傳說，是百分之百真實的，我和我教的六年信班全班同學都看過他們，還跟他們成為好朋友呢！你看，我手指上戴的戒指，就是他們送給我的禮物。」

「王老師，我想我的話你也只聽懂一半，我不敢相信，一位受過高等教育的老師，居然迷信到將傳說視為真實；何況你手上的草編戒指，看起來並沒什麼特別，也不能證明就是小妖精送的。況且剛才你不是說過，只有心地善良，又有想像力的小孩子才看得見他們；可是你又說你這個大人也看得見他們，不是前後矛盾嗎？其實我並不想質疑你所說的話，或許你真的是出自一片好心，想保護這片山林，如果是這樣子的話，我可以向你保證，我們公司絕對不會胡亂砍伐森林，我們還會在砍伐的地方加強造林；但如果你還是堅持為了小妖精，我們不應該在那邊設立動物園的話，那好，只要你能向我證明這世界上真的有小妖精存在，我即刻向總公司稟明，放棄這個開發案，即使賭上我這個經理的職位也可以；但是如果你不能證明給我看，那很抱歉，我還有許多事情要忙，你請回吧，招待不周之處敬請見諒！」

梁經理完全無法接受王老師的說法，王老師也無法提出證明給她看，兩人各說各話，談話完全找不到交集，弄得場面有些尷尬，王老師只好苦笑地告退，結束這場被視為沒有預約的鬧劇。

隔天的星期天中午，和山村熱鬧非凡，今天是村子裡最大的廟宇「和山寺」的神明生日，看布袋戲與歌仔戲的人潮把廟埕擠得水洩不通，家家辦桌請客，村長貴為一村之長，自然席開最多，一看

到滿臉憂愁的王老師，一付無精打采的樣子，立刻臉上堆滿笑意地迎上前。

「王老師，有心事喔！放輕鬆，今天是我們和山村的大好日子，暫時把一切煩惱拋開，待會兒等我介紹完我們家最乖巧、最漂亮的小女兒跟你認識以後，保證你眉開眼笑，什麼憂愁都不見了！」

「村長您愛說笑，我哪有什麼心事，對了，怎麼沒有看到曉惠呢？」

「她啊，本來聽說老師要來，愁眉苦臉的想要躲起來；又聽說要介紹姑姑給老師認識，比誰都開心，自告奮勇，正在幫姑姑化妝呢？」

「啊！不用那麼慎重，我也是隨便穿穿，太正式我會不好意思呢！」

「沒關係，都是自己人，你先坐坐，我去催催就來！」

王老師為人隨和，平常穿著也都是牛仔褲搭配T恤，怎麼穿都是那幾件，今天為了相親，難得穿上以前「試教」時才穿的白襯衫搭西裝褲，可是看起來一點兒都不帥，倒像極了從事推銷工作的業務員。

王老師懷著一顆忐忑不安的心，東邊瞄瞄，西邊看看，上面望望，下面瞧瞧，正好抬起頭，忽然發覺身旁有人坐下，王老師禮貌性地轉過頭，想向他微笑致意，哪知對方搶先笑著對他說：「王老師，你來了！」

王老師不相信自己的眼睛，對方穿著正式，打扮端莊的美麗女子，竟然就是昨天在高雄市見到的那位動物園開發部——「梁

經理」！

「啊！我……，你……，這個……！」

王老師支支吾吾，不曉得說些什麼，兩人才聊了幾句客套話，村長看到，快步走過來。

「燕茹，我以為你去哪裡，原來已經跟王老師聊起來了，咦？瞧你們倆的表情，好像見過面似的？」

「嗯，不是！嗯，是！」

王老師一下子說不是，一下子又說是，逗得村長哈哈大笑：「平常口才便給的王老師，今天怎麼講話結巴了，王老師，你不用這麼緊張，我前幾天不是跟你說過，要利用這次拜拜的機會，為你介紹女朋友，就是我剛從美國留學回來的最小女兒，現在坐你旁邊的燕茹啦！」

王老師不相信自己的耳朵，原本以為與梁經理的巧遇只是偶然，想不到卻是村長的刻意安排，突然想起昨天梁經理的那句話：「噢，你就是王老師，幸會，幸會。」看來對方早就認識他，他卻冒昧拜訪，還說了一大堆一般人聽了都會覺得不可思議的話，讓談話在不愉快的情形下草草結束，想到昨天的冒失舉止，這頓道地的熱情午宴，吃起來竟是如坐針氈。

好不容易填飽肚皮，村長示意王老師陪燕茹出去散散步，王老師逮到解脫機會，趁機離開那頓充滿尷尬的飯局。

「梁經理，我……。」

「現在不是上班時間，不用叫我梁經理，叫我燕茹就可以了，那我就叫你健一，好嗎？」

「嗯，梁經理，哦，我是說燕茹，我……，我要先向你道歉！」王老師羞紅了臉，比正午的大太陽還紅：「昨天我太過衝動，又講了一些被妳視為莫名其妙的話，請原諒。」

「健一，你不用那麼說，昨天我的口氣也不好，可能是最近承受太大壓力，順勢把你當成出氣筒，我也向你說聲對不起！」

「噢，沒那回事，你沒有錯，完全是我一個人不好，我不應該那麼突兀地拜訪你，又那麼突兀地向你說那些話！不過，我可不可以先問你，你們公司為什麼會挑中和山森林這塊土地進行開發案呢？」

「唉……！其實這不只是我們公司的一個大計劃，也是我從小的一個大夢想。」燕茹嘆了一口長氣：「從小我就在這座山林裡長大，我喜歡這裡的一草一木，這裡的所有東西都像我的家人。但是想在這座山林裡謀生並不容易，在我唸小學時，要好同學的家庭相繼遷往都市發展，我當時眼睜睜地看著一個個知心好友離開，心裡有說不出的難過。於是心中偷偷立下志願，希望長大後能幫助村子裡的人，找到一條比較容易謀生的道路。後來我到美國攻讀『休閒與遊憩管理』碩士學位，學成後正好有機會回鄉服務，當時我興奮極了，小時候的夢想就要實現。我經常在想，如果在這裡蓋了動物園，雖然會犧牲部份山林，但能因此換來村子的發展與更多人的溫飽，不是很好嗎？」

「你的想法與苦心我都能體會，也很佩服，但我想跟你說的還是那句話，這座山林跟別的不一樣，山林裡的草木蒼翠，水質甘甜，孕育了許多動植物，也讓這裡出了不少捷出人才，都是因為有小妖精守護山林的關係，現在村民們改種荔枝、鳳梨成功，生活已

經大有改善，如果為了追求更好的物質生活，卻犧牲了最根本賴以維生的森林命脈，我並不覺得是個明智之舉。」

「王老師，我也很好奇，你為什麼那麼肯定我們興建動物園，就會嚴重破壞森林，我之前已經強調過，我們花了整整一年的時間，聘請政府機構進行過最嚴格的環境評估，也順利通過了，你所顧慮的問題或許有，但我發誓絕對不會為了蓋動物園而污染家園，這點請你放心。」

「不，這座森林真的跟其他的不一樣，我可以百分之百完全相信你的話，也可以百分之百完全相信你的承諾，但只要這座森林一經重大改變，尤其又是在森林的西北方，那群愛好和平的小妖精們就會選擇離開，這座森林一旦失去小妖精的守護，和山旺盛的生機，將瞬間化為烏有，成為追悔莫及的遺憾！」

「王老師，我了解你保護口中所說的小妖精的決心，或許我可以相信你的為人，也相信你的話，但龐大的公司整體，是不會相信的，除非你有具體的證據證明！」

王老師微笑地沈默以對，並沒有再說什麼，這次的談話比上次的氣氛好多了，但依然停留在各自表述的地步，王老師心裡明白，要讓燕茹相信並不難，只要讓她的姪女曉惠實話實說就可以，但要說服所有村民，或推翻整個已經啟動的大計劃，「螳臂擋車」，王老師頓時覺得自己好渺小。

星期天早上的村民大會，情勢果然一面倒，廠商的說明會講得天花亂墜，村民們也聽得一片陶醉，除了一向反對破壞山林的陳家古厝主人陳爺爺外，村民們全部贊同這項計劃。王老師見大勢已去，自己也不便表示意見，於是偕同陳爺爺回陳家古厝話家常。

王老師將事情的嚴重性向陳爺爺報告，聽得陳爺爺鬍鬚上翹，直呼大事不妙，卻也束手無策！兩人苦思良久，陳爺爺突發奇想地說：「既然事實已定，也難以回天，如果小妖精真的選擇離開和山森林，那肯定是一場大浩劫的開始，不如你去跟村長的女兒燕茹談談，除了叫他們施工時小心一點以外，能不能將動物園區整個往西北方再偏移一些，他們只是剛要破上，設計圖還可以再修，王老師，為了和山森林，也為了小妖精，更為了生存在這裡的所有暫時被金錢蒙蔽的善良百姓，就萬事拜託了！」

「哪兒的話，我雖然不住在和山，但我在這裡教書，學生與家長也都是和山人，所以勉強也算是這裡的一份子，你的建議很好，找個時間我會去和燕茹商量商量。」

就這樣，兩人商量出一個不可能中的可能辦法，共同為留住小妖精而做最後努力。

九、浩劫開始

這個星期三下午沒有研習，王老師請了外出，直奔高雄市大世界親子動物園籌備處而來。

燕茹聽完王老師的點子，覺得是兩全其美的好辦法，一口答應，兩人約好晚上一起吃飯，王老師才正要起身告辭，突然燕茹的手機響個不停。

「王老師，請你等我一下下，這個手機是工地專用，可能有事情要請示，我說說就好，待會兒再送你下樓。」

燕茹甜甜的一笑，差點把王老師的魂魄勾走，看著認真起來的她，做事細心中帶有果決，「認真的女人最美」這句話套在燕茹身上再適合不過。

王老師看著四周的現代化辦公室，上次匆匆而來的時候，竟然完全沒有注意到，每個冰冷的牆面，都掛滿了各式的古典畫作；每

個人的座位前，也都擺放美麗的盆花；還有輕柔的音樂不斷放送；辦公室裡更是一塵不染。在剛硬的現代化建築中，燕茹將它調適成柔和的色調，溫馨的感覺，讓人覺得上班不再是壓力，而是一種享受，回想起上次的不愉快經驗，王老師心想，世事真的難以逆料！

世事真的難以逆料，燕茹傳來急躁的回話聲：「什麼，工地的旁邊有工人看錯設計圖，挖開了一座兩層樓高的金字塔形土丘，裡面飛出來一大群麻雀，而且噴出一股帶有濃烈甜味的泉水，好像蜂蜜一樣，工人們都嘖嘖稱奇……！」

燕茹的話像千斤重鎚，擊打在王老師胸膛上，燕茹口中的金字塔土丘，不就是自己這些日子以來，在茲念茲的小妖精聖山嗎！王老師緊張的向燕茹借來電話，尋問正確方位，確定就是小妖精的聖山，那群愛好和平，千百年來以守護森林為樂的妖精族，如今生死未卜，王老師一屁股跌坐在地上，突然覺得天地一片暈眩！

「健一，你怎麼了，你不要嚇我！」燕茹焦急地守在王老師身邊，為他輕揉剛才因為跌倒撞到桌角而瘀青的額頭。

「快，快叫工人離開那裡，我馬上趕過去！」

「嗯，可是，現在已經四點多了，秋天的天色早暗，現在入山太危險了吧！」

「沒關係，我晚一分鐘入山，我的心就多痛一分鐘，晚飯恐怕要你一個人吃了，我先走了！」

王老師執意要走，燕茹強留不住，於是堅決地挽住王老師的手臂說：「這場意外是我們工人惹出來的，身為總監督的我，也不能推卸責任，要去，我陪你去，反正有你在我身邊，我什麼都不怕！」

王老師看著態度堅決的燕茹，感激地握住她的雙手：「想跟我去，先把這個戴上！」

「這是……？」

「上次你說看起來沒什麼特別的小妖精『香草戒指』，可以趨走一般的毒蛇猛獸，今天天氣還算不錯，帶著手電筒，有星光引路，應該可以找得到路。」

燕茹雖然還不相信這個戒指真的是小妖精送的，但王老師在緊要關頭，還願意把身上最重要的東西借給別人，燕茹對王老師的好感又多上一分。

兩人頂著月光，手牽手，走在幽暗森林的小徑上，四周一片漆黑，山區的夜晚靜的好神祕，彷彿一張大黑網，網住所有的生物，卻網不住行色匆匆的他們，穿梭在高密的叢林裡，手中的手電筒，就像兩隻小小螢火蟲在林間漫遊。

「到了！」王老師遠遠就看到那棵果實在星空下閃耀熠熠光芒的龍眼樹，巨大的樹影矗立在聖山旁，好像一位負責守護的沈默巨人。

附近的風好像靜止了，連昆蟲也莫名地停止鳴叫，王老師屏氣凝神地檢查四周，小妖精的聖山已經被挖開三分之一，上次他送給小妖精的模型屋正好一半垂掛在外面。王老師一面向燕茹解釋這個模型屋的由來，一面繼續仔細檢查，還好主脈還沒有被挖斷，王老師才鬆了一大口氣，他知道自己無法證明這裡就是小妖精的住所，只好換種方式對燕茹說：「這裡就是和山的水源區源頭，雖然地下水脈被挖斷一小截，還好主脈未斷，我在這裡標上記號，麻煩你明天囑咐工人，小心地將挖開的土回填好嗎？」

「嗯，這點我可以做到，現在你總算可以稍稍放心了吧！」

「我不敢肯定，現在已經晚上七點多，我先送你回家，謝謝你今晚能陪我來！」

「不用客氣，以後需要的話，我還是可以陪你來的。」

王老師眼眶泛紅，牽著燕茹充滿溫暖的手，慢慢步出山林。天空突然飄起細雨，王老師體貼地脫下外套，為燕茹遮蔽絲絲冷雨，但在王老師的心中，隱隱有股強烈的不安。

接下來的幾天，王老師像著魔似的，經常隻身出沒山林，調查小妖精的動向，仍然一無所獲。

說也奇怪，自從小妖精聖山被破壞後，附近的動物們開始莫名地暴斃，植物們也開始枯萎，死亡的恐怖陰影像黑霧般蔓延開來，慢慢波及到動物園預定地，新砌成的高牆，並沒有阻止這場瘟疫似的災難，今天又有內部館區人員來報，園區內新栽種的植物相繼枯萎，連首批送來適應環境的動物，也像感染病毒一樣，病奄奄的，經過動物專家們會診後，竟然找不出生病原因！一連串的壞消息傳來，燕茹聽得有些心煩，自從那天與王老師夜探森林以後，為了公司的事，忙得不可開交，如今整個動物園好像生病了，更沒時間與王老師聯絡，她實在有些擔心。

突然工程人員又來報，最近館區附近經常看到一名中年男子出沒，凡他走過的地方，就好像死神鐮刀下的祭品，動植物們相繼死亡，消息因而傳開。由於館區附近屬於管制區，館區為了新進動物們的防疫問題，已經設下路障，而這名男子依然多次突破防線，目前正在與館方的外圍工程人員發生爭吵。

燕茹獲報，三步當兩步走，正準備報警處理，一到現場，嚇了一跳，她看到正與工人們發生衝突的男子，竟然是才幾天不見，卻已經滿臉鬍渣，好像歷盡滄桑的王老師！

「經理，就是這個人，最近天天都偷偷潛入管制區，今天正好被工人逮著，可能有不良意圖，你看要不要報警？」工地主任向梁經理報告情況。

「不用了，這個人我認識，你們去忙，我來處理就可以。」

燕茹叫工地主任喚走態度粗暴的工人們，留下一臉憤怒的王老師，此刻的王老師像極了一頭被逼急的野獸，隨時都有咬人的危險。

「我才不怕你們，別以為你們人多，誰要敢擋住我，我就打誰，儘管放馬過來！」

「健一，你怎麼了？」

失去理性的王老師正想找人打架，回頭瞥見一臉驚愕的燕茹，心中燃燒多時的憤怒火瞬間被澆熄，王老師由憤怒轉為悲傷，竟然像孩子似的，當場號啕大哭起來。

「小妖精，是我們人類對不起你們，你們走吧，去找一處深山野地，遠離可恨的人類，和山啊和山，這座山林，再也和平不起來了！」

「王老師，你冷靜一點！」

燕茹正想試圖讓王老師冷靜下來，現場剛好來了一大批關心動物園進度的和山村民，看到有衝突發生，好奇地圍攏過來，大家認得他是使和山森林再造的恩人王老師，如今卻發瘋似地大吼大叫，還聽在場的工人們說，最近凡是王老師走過之地，就像被死亡

之火燒過一樣，動植物們都相繼死亡，大家你一言，我一語，已經忘卻王老師揭露工廠污染事件的英勇行徑，為了護衛即將完工的動物園，及自己未來的工作權，有人指著王老師，在背後小聲罵他是「掃把星」！

罵著罵著，竟然有一位村婦跳出來，當頭指著王老師說：「王老師，你反對興建動物園大家都知道，想不到你竟然卑鄙到用這種手段，想阻止動物園的順利完工，我先生就在動物園裡當建築工人，一家生計全靠他，如果動物園倒了，我們家的生活怎麼辦，姑且念你之前對和山有恩，我們才沒趕你離開這裡，我看你還是快走吧，這裡沒有人歡迎你呢！」村婦囁嚅地說完，現場引起一片掌聲。

村婦的直言，像一根根利針，深深地刺痛王老師的心，王老師心想，我自始至終的所有行為，還不都是為了保全和山這片山林，如今卻遭來你們無禮辱罵；但王老師並不怪她，她也是為了家裡的生計著想。現在多說無益，事到如今，他已經看出和山的未來，小妖精們的確走了，一點留戀的意味都沒有，除非奇蹟，否則誠如小綠所言，和山早晚都將變成可怕的「陰森林」。

「燕茹，你說呢？」王老師轉頭尋問燕茹的意見。

燕茹走過去，擋在村民與王老師之間，大家都知道她是村長的女兒，也是動物園的籌備處經理，不敢造次。燕茹挽住王老師即將傾頹的身體，悲傷地說：「健一，你就聽我的勸告，以後不要再來這裡了，來，我送你回去！」

王老師輕輕地甩開燕茹的手，用一種哀怨卻堅定的語氣說：「不用了，不過我要告訴你們，事情才剛開始呢！你們將會為你們的所做所為付出慘痛的代價！我也答應你們，也可以對天發誓，往後再也不會踏入和山森林一步，告辭了！」

王老師賭氣地說出重話，說完又像瘋子一樣，走起路來一搖一擺，擺脫這塊曾經是他最愛的土地。現在的他，萬念俱灰，已經完全將身後的眾人唾罵聲，及燕茹好心的規勸話語，視為陣陣秋風，刮過樹葉末梢，最後消逝在和山的森林深處。從此以後，再也沒有人在和山森林裡見過王老師了！

隨著王老師的離開，動物園及周圍地區的悲劇，並沒有劃下句點，反而更加嚴重。漸漸地，遠方的和山村子裡，也傳出人畜不安的零星消息；而曾經被大家懷疑的王老師，隔日生了一場大病，向學校請長假，休養在家，完全不再理會村子裡的事了！

村民們後來發現事態嚴重，動物園開不成已經不是最重要的事，如今連整個村子都快不能住人，這下子怎麼辦才好？眾人商量的結果，已經開始懷疑王老師之前的預言是不是真的，於是決定派人去探望王老師，但都吃了閉門羹。最後大家委請村長拜託女兒燕茹去當說客，但村長婉拒地說最近燕茹為了動物園的事，已經忙到心力交瘁，撥不出額外的時間與精神，於是大家想到平日與王老師最要好的陳家古厝主人——陳爺爺。

大家來到陳家古厝，說明來意，立刻被陳爺爺訓了一頓：「我當初就堅決反對興建動物園，你們偏不信，只貪圖眼前的利益，得了吧，現在怪事發生了，不用說你們遭殃，我們陳家的百年基業也快毀於一旦！自從我家那口終年不竭的井水乾枯，老茄苳大量落葉，我就知道和山村將要大禍臨頭，聽說你們將正在調查原因的王老師罵成什麼『掃把星』，還叫他滾蛋，你們真是太過份了，人家

至少也算和山森林的再造恩人，你們這群忘恩負義的傢伙，還有臉請我去當說客，你們自己摸摸良心，是不是少了一塊肉呢！」

陳爺爺罵完，村長和村民們都啞口無言，陳爺爺總算消了一些氣：「王老師說的妖精族聖山，在風水上其實就是穴位，和山之所以草木興盛，作物繁茂，完全是因為佔到這處寶穴，以現代的術語來說，這裡就是和山水源區的源頭，源頭一斷，水源自然枯竭，受庇蔭的生物自然敗亡。我不敢保證這世界上真的有小妖精存在，但我相信和山森林真的受到一股無形的力量保護，才會興旺這麼久，所以村長大人，如果你真的要我去當說客，我有兩個要求：第一，我要大家連署寫一封道歉信，我相信王老師是位通情達理的人，不會跟大家計較；第二，聽說你小女兒跟王老師的交情還不錯，只要她願意陪我走這一趟，我保證王老師會回心轉意，回來幫我們重建和山森林！」

村長立刻答應，約定一個日子，就由燕茹與陳爺爺兩個人，帶著大家的聯名道歉信，一同前往高雄市王老師住處，傳送求救訊號。

十、違背誓言

陳爺爺會同燕茹來找王老師，因為他知道，現在的王老師，已經是個「哀莫大於心死」的人，想讓他起死回生，看來只有「以柔克剛」一途。

王老師住在高雄市左營區明誠路的大樓裡，附近商家林立，高樓座落在小巷子內，有鬧中取靜的高度居住品質。

陳爺爺偕同燕茹來到大樓管理室，警衛說王老師已經特別交待，謝絕一切訪客！陳爺爺當然不死心，堅持有重要事情商量。警衛沒辦法，打客服電話代為通知，王老師一個人正在書桌前發呆，聽見訪客鈴響，打開電視訪客頻道，看見陳爺爺與燕茹的身影，突然感到一陣心酸，收拾好錯綜複雜的心緒，親自下樓會客。

燕茹看到王老師憔悴的面容，好心疼，直接撲上去，一把抱住王老師，在管理室的大廳裡嚎啕大哭，本來準備好要接受人家安

慰的王老師，反倒先安慰起別人，燕茹的熱淚將王老師冰封之心解凍，滿腹委屈頓時全部湧上心頭，又看到才幾天不見的燕茹，原本就瘦弱的身子骨，如今更形單薄，輕輕拍她背部安慰的同時，兩行熱淚也直淌下來。

「好，好，哭出來就好，哭出來就好，你們兩個人真是相欠債，一個人為了村子的繁榮，努力不懈；一個人為了保護山林，盡心盡力，兩個人都承受莫大的壓力，哭出來就好，哭出來就好。」陳爺爺的話像有安定人心的魔力一般，安撫了兩人過於壓抑的情緒。

王老師請他們兩位到家裡坐坐，由於這間公寓只有王老師一人居住，看著滿室的雜亂，就知道主人的心思不在這裡。燕茹在幫忙整理的同時，發現書房裡滿是散亂的紙稿，都是關於兒童文學的創作，有的紙上寫滿了字，有的只有疏疏落落幾行，每個字躺在王老師的書房裡，彷彿都有了生命，像一根根剛孵化的豆芽音符，躍動在正在播放的古典音樂甜夢裡。

「和山那邊的情形怎麼了？」沒等陳爺爺及燕茹開口，王老師迸出心中長久不願面對的牽掛。

「非常不好！」陳爺爺直截了當地說了出來，並將近日來村子裡發生的不幸事件，娓娓道來，而且在他臨來之前，村長特別慎重囑咐，務必請王老師回來想想辦法，如果真的不行，只好與村民共商遷村事宜。

「那村民們怎麼說？」王老師又問。

「村子裡的居民，所有家當都在這裡，這些都是祖先辛苦開墾流傳下來的，村長調查過，只有少數人願意搬離家園，大多數人都

想留下來，他們也後悔之前對王老師說過那些不禮貌的話，這是他們聯合署名的道歉信，由村長代筆，大家輪流簽名，不會簽名的蓋手印，請王老師過目。」

陳爺爺拿出眾人的道歉信，王老師伸出顫抖的雙手接過來，熱淚盈眶：「其實我根本不怪他們，他們只是在捍衛自己的生存權。只不過他們不知道，小妖精才是決定和山森林興旺與否的關鍵，他們真正應該捍衛的，恐怕是小妖精才對。不過說這些都太慢了，根據我前些日子的調查結果顯示，小妖精們已經全部撤離和山森林，而且行蹤不明，現在我恐怕愛莫能助！對了，燕茹，動物園那邊的情形怎麼樣？」王老師轉問燕茹。

「比和山村更糟，所有栽種的植物全部枯萎，連進駐的動物也一隻隻離奇病倒，總公司派了許多動植物專家，他們推測可能是感染一種還沒被發現過的奇特病毒，只是動植物會共通的傳染病十分詭異，他們也找不出原因，總公司已經下令全面暫時停工。」

「唉，事情比我想像的還嚴重，現在是兩敗俱傷，不，應該說是三敗俱傷，小妖精走了，動物園停工，村子也快住不下去。不過我只能說一聲抱歉，我無法為我的推論提出證明，因為信者恆信，不信者恆不信，小妖精對我來講是百分之百肯定存在；但對看不到的人，永遠只是鄉野傳說罷了！」

「王老師，你別灰心，我雖然看不到他們，但我從小看著祖上遺物，聽著長輩傳說長大，我絕對相信在這個世界上，真的有小妖精存在，而且就住在我們和山森林裡，這是我們天大的福氣，只是有些人不懂得惜福罷了。」

聽到陳爺爺比黃金還珍貴的支持話，王老師苦笑，因為到目前為止，整個和山村，除了他們六年信班全體師生外，才多了個陳爺爺相信，總數還不到十個人，比起不相信的人，人數上簡直是小巫見大巫。

「雖然……，雖然我從小也聽過那些傳說，其實……，其實我一直把它當做一則美麗的神話故事，不過……，不過現在村子陷入危機，如果……，如果可以的話，我會百分之百支持你的做法，即使看不到他們也沒關係。」

多了燕茹這一票支持，王老師信心大增，但後來村長與村民代表的事後背書，更是一劑強心針。

三人很快來到村長家，村長與村民代表們滿臉憂愁，如今大家的初步共識，除了選擇完全相信王老師以外，只剩遷村一途了。

「好，既然大家還信得過我，我也不想再多費唇舌，以前的事我早就忘記了，以後也不會再提，現在我們有兩條路要走：第一條路，我會設法聯絡到上次為村子樹木看病的樹醫生阿古伯，由他用專業的技術，以科學的方法，設法查出病因。燕茹，也希望你為他準備好前些日子，你們公司聘請的動植物專家們的所有診斷資料，好讓阿古伯及早進入狀況。」

「沒有問題。」燕茹一口答應。

「再來是走第二條路之前，我必須先違背兩個誓言，為此我十分傷腦筋！」

「王老師，哪兩個誓言，你說出來，大家幫你想想辦法！」村長緊張地尋問，深怕王老師又反悔了。

「第一個誓言，是我發過誓，永遠不再踏入和山森林一步，我雖然不敢自稱謙謙君子，卻也是個信守承諾的人，所以……！」

「王老師，上次是我們不對，才讓你發了誓，永遠不再踏入和山森林一步，不過，你有說過違背誓言時，會遭受怎麼樣的處罰嗎？」

「這個嘛……，我當時一時氣憤，倒忘了說。」

「那就好，我村長在此保證，王老師如果為了拯救和山村而違背誓言，被老天爺處任何罰責的話，我村長也在這裡發誓，願意第一個代他受罰！」

「我也發誓，願意第二個代他受罰！」

「我第三個！」

「我第四個！」

「算我第五個吧！」

……………

村民們的誠意，讓王老師寬心不少，也徹底粉碎了王老師的任何顧忌，和山村村民，依然是最善良、最純樸的百姓，王老師心中已經打定主意，為了和山村的將來，一切都豁出去了。

「第二個誓言，其實算是個約定，就是我曾與班上所有學生，為了保護小妖精，立下一個共同的約定，不能向任何人透露我們全班都看得到小妖精的事，其實，包括村長的孫女，也就是燕茹的姪女曉惠，她也早就看到過小妖精，而且我們不只是看得到他們，也與小妖精們成為好朋友，不信的話，你們可以回去問問看。」

王老師此言一出，村民們面面相覷，半信半疑；但回家求證後，跟王老師的話完全吻合，這也加深了村民對王老師的信任感。

「好，我們第二條要走的路，就是必須向小妖精們傳達我們希望他們回來的誠意，只要大家一條心，或許能夠喚回小妖精們回家的心，現在我要先去阿里山奮起湖找阿古伯，等我回來，會帶領六信全班學生，教大家用『花語傳情』的方式，向小妖精們表達心意。」

王老師剛說完，突然手機響了起來，王老師一看手機上面的號碼，興奮的叫了出來，因為打來的人，正是他想千里迢迢去找，卻不一定找得到的樹醫生阿古伯，而那支手機，就是上次他送給阿古伯的現代化工具，也是他唯一與文明接軌的橋樑。

「伯仔，你總算打電話給我了，這裡發生的緊急情況，我已經用簡訊傳給你，你等我，我馬上出發去載你過來。」

「不用了，我已經叫孫子唸給我聽，我現在正在去高雄的路上，待會兒記得來火車站接我就行了。」

「沒問題，你幾點到……。」

有了阿古伯的鼎力相助，王老師彷彿多了隻得力手臂；但和山森林是否能夠恢復原狀，卻還在未定之天。

隔天剛好是週休二日的第一天，王老師帶著六信全班學生、胖主任、陳爺爺、阿古伯、燕茹及和山所有村民，仔細講解做法，就是只要每人找到一朵花，對著它說出心裡的話，就可以進行「花語傳情」。但解釋了老半天，卻沒有半個村民照做，王老師忽然想到，如果平常有人對著花朵講話，肯定會被視為神經病，尤其這裡又是民風淳樸的山區，難怪沒有人願意拉下臉。

「好，大家放輕鬆，不用不好意思，先看我帶著六信的學生示範，你們只要跟著做就行了，不過講的時候要注意一點，就是聲音

不能太小，否則心願可能就傳不遠了。」

王老師先與學生示範一遍，陳爺爺一馬當先，第一個加入這個對著花兒說出心聲的「花語傳情」活動，燕茹第二個加入，接著村長、胖主任、阿古伯，與所有村民，都為和山村的未來著想，也相繼抛開傳統禮俗的約束，每人找到一朵自己喜歡的花，對著花兒一遍遍訴說心坎裡的話。

活動結束後，阿古伯便展開實際救援行動。他首先將所有已經拿到的資料，仔仔細細地研究一遍，自己再親自步入森林裡，進行更直接的問診調查。篤信科學萬能的他，一路上臉色始終凝重：「代誌真的大條了，從我出道到現在，也三十多年了，從來沒碰過這麼棘手的案子，因為到目前為止，我甚至連植物們究竟得了什麼病，仍然一無所悉，只知道這座森林的土質，不知道什麼原因，竟然一夕之間莫名地全部改變了，變成最陰、最酸的土性，連帶植物的群相與生態也跟著改變，不能適應的植物馬上枯死；勉強適應的植物，枝葉也都變得又濃又密，已經快要完全遮住陽光。爬藤植物橫行，陰濕昆蟲遍佈，這座森林恐怕撐不了多久，就要變成不見天日的陰森林了！」

村民們聽完嚇了一大跳，因為阿古伯代表現代科學的說法，竟然跟王老師先前的講法不謀而合，村子的大浩劫，果然就在眼前。

十一、重見小妖精

日子一天天過去，到了五月底，和山地區原本應該紅花怒放的鳳凰木群，一棵也沒有開花，所有樹木都懶洋洋的，好像失去靈魂一樣，村民們已經有人開始收拾家中細軟，準備離開這個似乎被詛咒的家園。

六月份很快到來，依然沒有小妖精的消息。和山村一片死寂，連平常最活潑的小狗，如今見到陌生人也不想多吠一聲，電線桿上也聽不到烏鶖鳥的叫聲，一年四季最活絡的夏季，竟像睡美人的國度，一切人事時地物，彷彿被施上魔法，都靜止了。

王老師帶的是畢業班，忙著畢業典禮的籌備，更急於打探小妖精的下落，每天固定的「花語傳情」似乎沒收到預期效果。就在畢業典禮六月十二日的前夕，王老師忽然心血來潮，想到與其這麼傻傻等下去，不如主動為小妖精改建新家，於是帶領全班同學，並通知燕茹及阿古伯，一行人來到陳爺爺家。王老師向陳爺爺提出這個想法，獲得大家的一致認同。王老師仔細參閱陳家古厝牆上所有壁磚，發現與小妖精有關的共有六塊，其中隱藏著與小妖精溝通的方法、小妖精聖山的結構、還有他們如何進行森林祭等珍貴線索，於是眾人重回早已傾頹的小妖精聖山，共商為小妖精重塑聖山事宜。

「據我了解，小妖精的聖山是由泥土或石塊組成，主要是做為祭祀與居住場所，那是一種象徵，因為擁有法術的他們，其實是生活在自己法力創造的國度裡。也許你們不相信，去年我與六信全班學生曾經接受招待，進入聖山裡面，裡頭有座美得像童話世界裡才有的宮殿。當時長老向我們提出一個概念，在小妖精的世界裡，高矮、大小、胖瘦，只是一種相對性，跨越這道鴻溝，就沒有分別心了。所以我們可以先將原本被破壞的聖山加以修補，看看能不能恢復原貌。」

眾人會意，依照王老師的指示，匯聚全六年信班的共同記憶，想重建小妖精溫馨的家園。

夏天的太陽像隻早起的火龍，時間才剛過早上九點，大家已經被烤得汗流浹背，分工地將一筐筐泥土挖起、傳遞、堆高，大家為了共同的使命不畏艱辛，想用最原始的方式，重新搭起小妖精與人類之間和平共處的橋樑。

但眾人的辛苦努力，並沒有得到相對的回饋。

很奇怪的，一筐筐的土明明往被挖開的缺口處倒，尖塔形狀卻怎麼也塑不起來，後來他們想到加水黏合，結果還是整塊塌陷，一直忙到中午，計劃宣告失敗！

大家坐在旁邊的龍眼樹下，望著聖山興嘆，嘴裡吃著無味的飯糰，心情已不似先前振奮，聖山搭建不起來，小妖精就永遠不會回來了！

「好，大家不要灰心，我講過，聖山是由泥土或石塊組成，既然泥土堆不起來，或許石塊是我們最後的機會，大家先休息一下，我去去就來！」

王老師說完，身影立刻沒入樹林。一個人尋著水聲，找到附近的一條小河，那是高屏溪的上游，河床裡尖石累累，由於還沒經過流水的沖刷，外形依然尖銳。王老師拾起一把，抱在懷裡，頂著正午的烈日，步行到聖山旁，先清出一塊平整的地面，再將尖石放上去，銳利的石緣在王老師手中滑落的同時，也在他手掌上劃下傷口，血滴染紅了石塊，卻阻止不了他的決心，一個人悶著頭，繼續回去收集石塊。

眾人看到王老師的舉動，被深深感動，也顧不得休息，頂著正午高溫，在疏落的林木間穿梭，大家毫不在意，沒有多餘的話語，只有誠心的奉獻，將原本小堆的石堆，漸漸變大、變高、變尖，終於有了金字塔狀的雛形。

大家的身上也都傷痕累累，王老師叫大家快住手，自己依然奮力不懈。大伙兒見狀，也沒有人願意停手。於是王老師請燕茹為大家進行簡單的護理包紮，防止傷口感染。阿古伯及陳爺爺年紀比較大，王老師請他們留在原地幫忙塑形，六信的男生們負責挖掘河中石，女生們負責傳送，就這樣經過不知多久時間的努力，尖塔已經有一個人的高度了。

太陽在不知不覺中滑落地平線，夕照的光輝染紅了樹林，也染紅了每個人的臉，大家的臉都紅通通的，分不清是夕陽的餘輝，還是艷陽的吻痕，此刻大家心中反而一片清明，只有期待與感恩，發揮了人類間最珍貴的互助情誼。

「好了，大家都已經盡力，太陽快下山了，待會兒森林會暗的很快，我們趕快收拾回家吧，相信大家的血和汗不會白流，小妖精們一定可以感受到我們最誠懇的努力！」

王老師為大家打氣，大家踩著疲憊卻滿足的步伐，告別新聖山。臨走前還依依不捨，在夕陽僅剩的餘光中，多次回眸，王老師似乎瞥到身旁的枯木上，始終停留一隻小麻雀，就在他們離開的同時，也跟著飛走了！

隔天就是畢業典禮，這是六信學生在學校裡最後一次聚會的大日子，但學生們卻個個愁雲慘霧，王老師的打氣，也暴露出自己內心的失望，小妖精們好像消失在空氣裡，不管他們多麼努力，都無法彌補這道已經深烙的傷痕！

畢業典禮在本校舉行，六信的學生搭校車前往，彎彎曲曲的小山路，就像大家此刻的心情，糾結在一起的情緒，已達崩潰邊緣。

驪歌、萍聚、朋友等感人歌曲的輕輕傳唱，悠揚的音樂飄揚在會場的每個角落，滾燙的淚水爬滿每個人的臉頰，王老師也用決堤的淚水，表示自己對學生的不捨；而六年信班每個人，每滴淚水裡，還多摻雜了近日徒勞無功的遺憾。

王老師抱著學生送給他的兩束鮮花，與學生共同搭校車回到分校，同車的還有專程為他們送別的燕茹、阿古伯與陳爺爺。王老師正思索如何安慰學生，以告別舊日，展望未來，突然平日最迷糊的廷瑋，對著王老師大喊：「老師，花……，花……！」

「對啊，謝謝你們送我的花，老師實在是……！」

「老師，我不是說車裡的花，是外面的花！」

大家順著廷瑋所指的窗外方向望去，立刻連聲驚叫，原本座落於教室旁那棵被稱為「無花樹」的鳳凰木，數十年來從不開花，才一個早上不見，竟然在每根樹枝末梢，綴滿紅艷的花苞，火鳳凰似地在空中燃燒，也燃燒了車上每個人的心！

「嗯，這裡果然充滿奇蹟，這恐怕連科學也難以解釋了！」阿古伯從下車後，就一直繞在樹旁，拿著放大鏡仔細檢查。

眾人一接近無花樹，突然一陣吵雜的麻雀聲驚起，鳳凰木上棲息的麻雀們群起飛舞，繞著老樹展翅飛翔，就像帶著孩子們綺麗的夢及和山光輝的未來飛翔，而且在每隻麻雀的背上，都騎著一位綠色小妖精！

「是小妖精！」六信的學生又大聲驚呼。

在場的除了王老師與六信的學生看得到小妖精外，燕茹、阿古伯、陳爺爺、胖主任，還有前來接孩子回家的家長們，都覺得莫名其妙，不曉得孩子們在興奮些什麼！

王老師興奮地挽起燕茹的手，與孩子們一起圍著鳳凰木又叫又跳，好像一位大孩子似的；而燕茹的情緒也被感染，跟著一起同樂。當她快樂地抬起頭，一眼就看到不遠的樹幹上，站著一位可愛的小綠人，胸前有塊類似領巾的黃色斑點，背後有一對透明翅膀，身旁停有一隻麻雀，對著她微笑揮手呢！

「小綠！」王老師停下腳步，正想跟小綠打聲招呼，突然身旁的燕茹插話：「啊？健一，他就是小綠！」

「啊！你……，你看得到？」

「嗯，真的只有拇指般大小，長得好可愛喔！」

「可是……，為什麼之前你一直看不到？」

「我也不知道，可能是因為……？」燕茹紅著臉，看看手指上的戒指，這就是王老師上次借給她的香草戒指，一直忘了歸還，同時又有王老師的大手牽住，難怪燕茹也看到了。

小綠向王老師表示，他們當時是被人類嚇走的，倉促逃離後，本來決定永遠不再回到這處傷心地。等他們看到王老師等人的努力，感動了長老們，經過三天三夜的討論，終於「一致決定」回到自己的故鄉。小綠同時也提到，這棵叫「無花樹」的鳳凰木之所以不開花，是因為小妖精們當初為了慶祝和山分校的設立，每個人選一棵植物施法，以幫助他們快速並健康地成長；而負責這棵樹的小妖精，一不小心用錯咒語，才變成現在這個樣子。開發後的和山前村森林，他們已經很少回來，這個問題才一直被遺忘，如今結合大家的法力，成功地破解被視為詛咒的誤會，讓「無花樹」奇蹟似地開滿美艷的花朵，也算是送給六信孩子們一份別緻的畢業禮物！

大家殷殷企盼的小妖精們終於回家了，和山森林也慢慢恢復往日旺盛的生命力。篤信科學的阿古伯，在和山森林裡看到許多奇蹟，雖然他不敢肯定這就是傳說中小妖精的傑作，但他也承認，大自然裡的確有許多大家意想不到的神祕力量，在日夜不停地運作呢！

和山村再度召開村民大會，王老師、阿古伯、燕茹與陳爺爺，也都列席參加。村長提議，雖然村民們都看不到小妖精，但就像我們拜拜的神明一樣，看不見並不表示不存在，和山的重生，的確與小妖精有莫大的關係，今後將不允許任何破壞森林的事情發生，他建議村民們為小妖精們蓋廟，運用民間信仰的力量，來保護這塊台灣少數擁有小妖精存在的淨土。

村民們連聲附和，都舉雙手贊成。但蓋廟總要有神明和廟名，總不能刻尊拇指大的神像，叫「小妖精廟」吧！引發外界過度的好奇，反而會造成意想不到的傷害，大家討論著兩全其美的辦法。

「我有個建議。」王老師舉手發言，村長示意他說下去：「和山地區的植物之所以長得這麼興旺，連近年來的荔枝、鳳梨產量也日益增多，都是拜這塊土地之賜，相信的人可以說是小妖精的功勞；不信的人也可以說是老天爺送給和山村的恩賜，我們都應該感恩、惜福。廟的命名，我參考最早與妖精族有接觸的陳家古厝匾額：『水木連恩』，意思是要我們後代子孫們飲水思源，視大自然的水源、樹木為恩人，其實大地上的泥土也是，我想就將『水』、『木』、『土』這三個字結合起來，水加木為『沐』，一方之土為『王』，加上小妖精的『小』字，就取名為小沐王爺。至於神像方面，我們可以參考三太子的形狀去雕刻，這樣外界也不會做太多聯想，不知道大家意下如何？」

大家用最熱烈的掌聲同意王老師的說法，於是和山森林裡，有座迷你小廟，廟身雖小，卻香火不斷，廟名為「沐王爺府」，供奉小沐王爺，而他的神像，很像三太子李哪吒，不過當你近身仔細觀看，其實背後多了對小翅膀，還真像小妖精呢！

「我也提議。」燕茹也舉手發表意見：「民間信仰固然可以約束村民們的行為，但對外地人來說，就沒有約束力了，為了往後的和山子孫著想，我提議向政府機關申請，用保護珍貴水源區的名義，設立一座自然生態保護區，這樣『信仰』加上『法律』雙重保護，小妖精們就能永遠在此地安居樂業，和山村也能永遠昌盛繁榮。」

大家也用最熱烈的掌聲，贊同燕茹深具遠見的提議。

會議快結束時，村長請王老師做個結論。王老師語重心長地說：「森林，不但是小妖精們的家，也是人類的庇護所，它就像養育我們長大的母親一樣，提供我們純淨的空氣、乾淨的水源，和休憩的空間。或許你可以把小妖精當成傳說故事，但你絕對不能把森林也當成傳說故事，它是最真實，具有生命力的整體。希望我們以後，不要再把森林視為掠奪的對象，予取予求，應該視他們為整個地球生命循環的一部份，就像各地原住民會敬畏森林一樣，那不是害怕，而是一種尊重。森林被破壞，或許我們這一代感受不到立即性的毀滅，但伴隨而來的沙漠化、土石流、溫室效應等，也都是對我們發出的警訊，人類再不好好善待森林，也許不用因為小妖精離開而遭受詛咒，大自然的反撲，人類將成為不足以稱為『受害者』的『始作甬者』！」

王老師的一席話，撼動在場每一個人的心，就像一把大錘子，捶在每個人都知道，卻不願面對的痛處。人類與大自然的微妙均衡關係，將是未來大家都必須嚴肅面對的課題。

本次村民大會，大家用最歡喜與感恩的心收場。當王老師與燕茹肩並肩步出會議室時，王老師忽然停住腳步，轉頭問燕茹：「妳的提議我個人非常欣賞，但是如果政府在和山森林裡成立一座自然生態保護區，你們公司的動物園勢必要關門，你的夢想……，怎麼辦呢？」

燕茹俏皮地向王老師扮了一個鬼臉：「你可把我瞧得太扁了吧！我當然要『一舉四得』嘍！」

「一舉四得，怎麼說？」看著燕茹一付十足把握的樣子，王老師好奇地問。

「其實在園區停工以後，我就想過這個問題，在水源區附近大興土木蓋動物園，雖然有環評報告這塊護身符，但難免日後會出現爭議，我已經規劃好替代方案，相中一塊離這裡不遠的大社鄉山區，那裡有一大片荒涼又貧瘠的土地，如果在那裡設立動物園，一來可以幫助地方做好水土保持；二來距離這裡近，路也貫通了，整個動物園建材的搬遷不成問題；三來離家近，這裡的居民也可以去那邊上班；四來我的夢想仍然可以實現。總公司那邊已經通過我的企劃案，擇日就能實施，這叫不叫『一舉四得』呢？」

「噢，原來如此，怪不得妳一付老神在在的樣子，好，那我再幫你外加一得，叫『一舉五得』好了。」王老師故意提高嗓門說話。

「一舉五得，怎麼說？」燕茹一臉好奇模樣。

「這五來嘛，你如果留在這裡工作，我在這邊教書，那我們日後約會也比較方便，妳說，這叫不叫『一舉五得』呢！」

「討厭，人家說的是正經事，你卻在這裡開玩笑！」燕茹說完，做出要搔癢的動作，平日最怕癢的王老師，馬上嚇得逃之夭夭。

「對了，其實這個計劃要成功，還欠一陣東風，我有事想請你幫忙！」燕茹言歸正傳。

「妳儘管說，做得到的一定幫忙。」王老師一口答應。

「事情是這樣子，我想請你幫我跟小妖精們求求情，上次是我們公司的工人不謹慎，毀壞了他們的家園，這次地方蓋廟或設立自然生態保護區的所有申請手續、費用，都由我們公司一手包辦，只希望你幫我說說好話，日後在小妖精們守護和山森林的同時，也能抽空守護一下我們在大社鄉的動物園，那就謝天謝地了，噢，應該說是謝謝小妖精，謝謝你呢！」

「沒有問題，這個忙我幫得上，相信小妖精們也不會拒絕，我說過，他們是最愛好和平、最善良的種族，只要我們好好善待森林，相信他們也會繼續守護森林，暗中幫助我們的。」

和山森林終於完全恢復平靜。動物園遷移後，也還原當初的地貌。小妖精的聖山再度用泥土堆起。和山森林也再度起死回生。連隔壁鄉新建動物園裡的植物，在惡劣的環境下，居然不用換土也能長得欣欣向榮。和山森林由小妖精們守護的傳奇故事，將再度流傳下去……。

下次如果您有機會造訪和山森林，漫遊林間小徑時，請務必輕聲細語，腳步也請放輕，同時不要驚起地上或林間的麻雀，只要你時常保有一顆赤子之心，在這座充滿驚奇的森林裡，或許你將見到一群小妖精正在向你打招呼呢！

少年文學10　PG1085

妖精森林

作者／廖文毅
責任編輯／林千惠
圖文排版／詹凱倫
封面設計／陳佩蓉
出版策劃／秀威少年
製作發行／秀威資訊科技股份有限公司
114 台北市內湖區瑞光路76巷65號1樓
電話：+886-2-2796-3638
傳真：+886-2-2796-1377
服務信箱：service@showwe.com.tw
http://www.showwe.com.tw

郵政劃撥／19563868
戶名：秀威資訊科技股份有限公司
展售門市／國家書店【松江門市】
104 台北市中山區松江路209號1樓
電話：+886-2-2518-0207
傳真：+886-2-2518-0778

網路訂購／秀威網路書店：http://www.bodbooks.com.tw
國家網路書店：http://www.govbooks.com.tw
法律顧問／毛國樑　律師

總經銷／聯寶國際文化事業有限公司
221新北市汐止區康寧街169巷27號8樓
電話：+886-2-2695-4083
傳真：+886-2-2695-4087

出版日期／2013年12月　BOD一版　定價／230元
ISBN／978-986-89521-8-8

秀威少年
SHOWWE YOUNG

國家圖書館出版品預行編目

妖精森林 / 廖文毅著. -- 一版. -- 臺北市 : 秀威少年,
2013. 12
面； 公分
ISBN 978-986-89521-8-8 (平裝)

859.6 102021484

讀者回函卡

感謝您購買本書，為提升服務品質，請填妥以下資料，將讀者回函卡直接寄回或傳真本公司，收到您的寶貴意見後，我們會收藏記錄及檢討，謝謝！如您需要了解本公司最新出版書目、購書優惠或企劃活動，歡迎您上網查詢或下載相關資料：http:// www.showwe.com.tw

您購買的書名：________________________________

出生日期：________年________月________日

學歷：□高中（含）以下　□大專　□研究所（含）以上

職業：□製造業　□金融業　□資訊業　□軍警　□傳播業　□自由業

□服務業　□公務員　□教職　□學生　□家管　□其它＿＿＿

購書地點：□網路書店　□實體書店　□書展　□郵購　□贈閱　□其他

您從何得知本書的消息？

□網路書店　□實體書店　□網路搜尋　□電子報　□書訊　□雜誌

□傳播媒體　□親友推薦　□網站推薦　□部落格　□其他＿＿＿＿＿

您對本書的評價：（請填代號　1.非常滿意　2.滿意　3.尚可　4.再改進）

封面設計＿＿　版面編排＿＿　內容＿＿　文／譯筆＿＿　價格＿＿

讀完書後您覺得：

□很有收穫　□有收穫　□收穫不多　□沒收穫

對我們的建議：________________________________

____

____

____

請貼
郵票

11466
台北市內湖區瑞光路 76 巷 65 號 1 樓
秀威資訊科技股份有限公司 收
BOD 數位出版事業部

（請沿線對折寄回，謝謝！）

姓　　名：＿＿＿＿＿＿＿＿　年齡：＿＿＿＿　性別：□女　□男

郵遞區號：□□□□□

地　　址：＿＿＿＿＿＿＿＿＿＿＿＿＿＿＿＿＿＿＿＿

聯絡電話：(日)＿＿＿＿＿＿＿＿＿＿(夜)＿＿＿＿＿＿＿＿＿＿

E-mail：＿＿＿＿＿＿＿＿＿＿＿＿＿＿＿＿＿＿＿＿